テリ文庫

〉

殺意のコイン

ロバート・B・パーカー
奥村章子訳

早川書房

6281

SPARE CHANGE

by

Robert B. Parker

Translated by

Akiko Okumura

First published 2008 in Japan by

HAYAKAWA PUBLISHING, INC.

This book is published in Japan by

arrangement with

THE HELEN BRANN AGENCY, INC.

through TUTTLE-MORI AGENCY, INC., TOKYO.

ジョウンへ　きみと出会ったことは何にも勝る宝物だ

殺意のコイン

登場人物

サニー・ランドル……………………私立探偵
フィル……………………………サニーの父。元警部
エリザベス………………………サニーの姉
チャールズ・シュトラーサ………エリザベスの婚約者
スパイク…………………………サニーの友人
ジュリー…………………………サニーの親友。カウンセラー
リッチー…………………………サニーの元夫
キャサリン………………………リッチーの妻
ボブ・ジョンソン…………………ファイナンシャル・プランナー
ロバート・B・ジョンソン三世……ボブの父
ヴィクトリア・ラソー……………ボブの旧友
マーティン・クワーク……………ボストン市警の警部
フランク・ベルソン………………同部長刑事
ベス・アン・ハーティガン………同本部長
ネイザン・エプスタイン…………ＦＢＩボストン支局長

1

わたしは父と一緒にキッチンのテーブルに座って、古い事件の現場写真を見ていた。男性が四人と女性が三人、耳のうしろを撃たれて殺された事件で、どの現場でも、地面に横たわる被害者の頭のそばに硬貨が三枚落ちていた。無情な現場写真からは、人の命が突如として奪われたことも、被害者が瞬間的に感じた恐怖も、硝煙のにおいも被害者の呻き声も伝わってこない。そこにあるのは死体だけだ。写真は事実を余すことなく正確に伝えているものの、なぜか距離感を抱いてしまう。絵を見てそんなふうに感じることはないのだが。それが写真の特性なのかはわからない。そう思うのはわたしの側に問題があるのか、

「〝物乞いキラー〟とはね」と、わたしがつぶやいた。

「新聞はこぞってそう呼んだんだ」と、父は唸るようにいった。「現場に小銭が落ちてたことから、おれたちも犯人は物乞いのふりをして近づいていったんだと思ってたからな。被害者はいくらかめぐんでやろうとしたところを撃たれて、倒れるときに小銭を落とした

んだと」

「犯人が撃ったのは耳のうしろだったのよね」と、確認した。

「ああ、その点は引っかかってたんだ」と、父が打ち明けた。「だが、わかるだろ？　こういう事件は仮説を立てて検証していくしかないんだ」

「わたしも覚えてるわ」

「たしか、最初の犯行はおまえが十二のときだった」と、父はいった。「で、数年後には鳴りをひそめたんだ」

「わたしが覚えてるのは、父さんがほとんど家にいなかったことよ」

父が頷いた。

「急に犯行をやめたのよね」

父はふたたび頷いた。

「結局、犯人は捕まらなかったんでしょ？」

また頷いた。

「今度はうまくいくかもしれん」と、父がいった。

「同一人物のしわざだと思ってるの？」と、訊いた。

「わからん」と、父はいった。「被害者が耳のうしろを撃たれてるのも、そばに小銭が落ちてるのも同じなんだが」

「銃も同じ？」

「いや、違う」

「それはさして意味がないのかも」と、わたしがいった。「きっと、別の銃を手に入れたんだわ」

「最初のときも銃は同じじゃなかったんだ」と、父が教えてくれた。「性能を試してみたかったんだと本人がいってたよ」

「手紙が届いたんだったわね」

「ああ、何通も」

「父さん宛てに？」

「合同捜査本部長だったからな。FBIと州警察と、ボストン市警の殺人課の」

「合同捜査本部が置かれたのは知らなかったわ」

「おまえはデートで忙しかったから」

「たしかに、あのころは男の子のことばかり考えてたけど」

「いまは？」

「対象年齢は上がったわ」

父は肩をすぼめた。

「それは進歩だ、おそらく」

「どうして父さんが合同捜査本部長になったの？」

「おれのいた分署の管轄区域でふたり殺されたからだ。それに、もちろん、他に範をなす優秀な警官だったからだよ」

「ええ、そうでしょうね、もちろん」

「退職してから本をよく読むようになったんだ。むずかしい本も、あれこれと。だから、格調の高い表現を使いたくなって」

「わたしは父さんのことを誇りに思ってるわ」

父はテーブルの上に積み上げた書類のなかから大きなマニラ封筒を一通引き抜くと、なかから写真を一枚と手紙を一通取り出してわたしの前に置いた。その写真もほかの現場写真とさして変わりがなかった。写っているのは、手足を投げ出してうつぶせに倒れている若い黒人の男性だ。頭のまわりは血の海で、そのなかに五セントと十セントと二十五セント硬貨が一枚ずつ落ちている。

「これは最近の事件の写真？」と、わたしが訊いた。

「ああ」と、父が答えた。「手紙を読め」

手紙にはこう書いてあった。

やあ、フィル、
懐かしいだろ？　退屈なんで、あんたとの旧交を温めることにしたんだ。おたがいに、年を取ってもやることがあったほうがいいからな。では、また。
物乞いより

その手紙は、コンピュータのプリンター用紙にブロック体で書いてあった。極細のボールペンで書いたようだ。

「文体は同じ？」と、父に訊いた。

「ああ」

「紙やインクや筆跡からはなにもわからないの？」

「紙とインクからはな。だが、筆跡は同じかもしれん。ブロック体は筆跡がわかりにくいんだが。それに、たぶん右利きだ」

「それは、被害者の右耳のうしろを撃っていることからもわかるわ」

「たしかに」

「別人だということを示す証拠はなにもないのね」

「ああ。犯人から手紙が届いたことは伏せておきたかったんだが、だめだった。当時としてはセンセーショナルな事件だったからな。市長室のばかなスタッフが公表しやがったんだ」

「じゃあ、誰でも真似できるわね」と、わたしがいった。

「込み入った手紙じゃないし」

「ふたたび犯人を追うつもりなの？」

「じつは、助言をしてほしいと頼まれたんだ。経費も払ってくれるらしい」

「父さんもその気なのね」

「ああ」

わたしは頷いただけで、なにもいわなかった。

「おまえにも手伝ってほしいんだ」と、父がいった。

「どうして？」

「おまえは元警官だ。頭もいいし、タフだし、美人だ」父はそういってにやりとした。

「それに、他に範をなす優秀な探偵だし、おれの娘でもある」

わたしは陰惨な死体の写真の向こうに座っている父を見た。父はそれほど長身ではないが、がっしりとした体つきで、石工を思わせる大きな手をしている。

「わたしって美人なの？」と、訊いた。

「おれに似たんだ」と、父はいった。「手伝ってくれるか？」

「ええ、喜んで」と、答えた。

2

月曜日は朝からベッドを整えて、キッチンのカウンターもきれいに片づけた。念入りに化粧をして、髪も時間をかけてブローした。床の埃は掃除機で吸って、キッチンのテーブルには花を飾った。服は、体を横たえなければはけない刺繍入りのジーンズと、オフショルダーの白いTシャツにした。トレイナーの指導を受けてパワーヨガを始めたので、肩には自信があるのだ。靴は、カジュアルすぎずドレッシーすぎず、ちょうどその中間あたりの雰囲気をかもし出してくれる厚底の黒いスニーカーにした。リッチーがロージーと週末をともに過ごしたときは月曜日の朝に送り届けにくるのだが、さりげなさを装いながら魅力的に見せるのには苦労する。

リッチーが来たときは、天窓から射し込む光を利用して、これまたさりげなく絵を描いていた。といっても、五分ほど前に描きはじめたばかりだったのだが。ロージーが部屋に駆け込んでくるなり、絵筆を置いて抱き上げてやると、彼女は体をよじりながら尻尾を振って、わたしに会えた喜びと同時にさっさと下ろしてほしいことを伝えた。だから、床に下ろした。

「部屋はきれいにしてるんだな」と、リッチーが褒めてくれた。

「ええ。ありがとう」と、礼をいった。

「きみもきれいだ」

わたしはにっこりほほ笑んだ。

「ありがとう」

リッチーはキッチンのテーブルに飾った花の横に紙袋を置いた。

「それはなに?」

「コーヒーとコーンマフィンと黒蜜マフィンだ」

「一緒に食べるつもりで持ってきたの?」

「ああ、もちろん」

リッチーは、大きな紙コップに入ったコーヒーをふたつとマフィンを四つ、紙袋から取り出した。

「コーンと黒蜜はわたしの大好物よ」

ロージーは水入れのそばへ行って、大きな音を立てながら一心不乱に水を飲んでいる。

わたしはキッチンのカウンターにリッチーと並んで座って、マフィンをひとつつまんだ。

「ロージーは機嫌よくしてた?」と、リッチーに訊いた。

「ああ」

「ちゃんと散歩に連れてってくれた?」

「ああ。毎日、一緒にビーチへ散歩に連れていった」

「一緒にっていうのは、奥さんとってこと?」

リッチーが頷いた。

「ああ、キャサリンも一緒に」

今度はわたしが頷いた。

「彼女はロージーのことが好きなの?」

「ああ」

「ねえ、ロージーはどこで寝るの?」

「おれとキャサリンと一緒にベッドで寝るんだ」

リッチーはコーヒーのカップにかぶせてあったプラスティックの蓋をはずした。

「彼女は平気なの?」

「キャサリンが? それともロージーが?」と、リッチーが訊いた。

「ロージーのことじゃないわ」

「キャサリンは気にしてない。おれを愛するならおれの犬も愛せっていうだろ?」

「ロージーはわたしたちの犬よ」

「おれは月に二度、週末をともに過ごすだけだ。おれだけのものじゃないってことはわかってるよ」

「悪かったわ。ごめんなさい」

リッチーが頷いた。彼はなかなかいい体をしている。身長は約六フィートで、がっしりしていて、じつにセクシーだ。それに、いつだってシャワーを浴びてひげを剃ったばかりのような清潔感を漂わせていて、びっしりと生えた黒い髪は短く刈っている。身のこなしも優雅で、無駄がなく、性格はわたしの父によく似ている。わたしたちはマフィンを食べて、コーヒーを飲んだ。ようやく水を飲み終えたロージーは、そばに来てわたしとリッチーのあいだの床に座った。

「ブルテリアはみんなあんな水の飲み方をするのかしら?」と、訊いてみた。

「あれは、〝会えて嬉しい〟という気持ちのあらわれだ」と、リッチーはいった。「うちへ来たときも、まずはあんなふうに水を飲んでるよ」

「飼いはじめたときのことを覚えてる?」

「結婚したばかりのときだったよな」

「モルモットぐらいの大きさだったわね」

「いや、そこまで小さくなかった」

「でも、最初のころは、ベッドで一緒に寝ているあいだに押しつぶしてしまったらたいへんだと思って、ずいぶん気を使ったわ」

ふたりとも黙り込んだ。

「大丈夫か?」と、しばらくしてリッチーが訊いた。

「ええ」と答えた。「あなたも大丈夫?」

「ああ」と、リッチーがいった。「大丈夫だ」

ふたりとも、マフィンを食べてコーヒーを飲んだ。

「このあいだ手助けしてやったと、おじ貴がいってたよ」

わたしが頷いた。

「フェリックスは、いまでもわたしのことを家族の一員だと思ってくれてるみたいなの」

「おじ貴は、好きだといったら好きなんだ。たがいの立場や状況なんて関係ない」

「じゃあ、嫌いだといったら嫌いなのね」

「ああ。だから、嫌われるより好かれるほうが断然いい」

「そりゃそうね」

リッチーはふたつ目のマフィンの紙を破ってかぶりついた。

「ノースショアの警察署長と付き合ってるようだと、おじ貴から聞いたんだが」

「たしかに付き合ってたわ」

「それで？」

「いまはもう付き合ってないの」

「なにかあったのか？」

「向こうはまだ別れた奥さんに未練があるみたいで」

リッチーは頷いてコーヒーを飲み、カップをカウンターに置いてわたしにほほ笑みかけた。

「彼の気持ちがわかるのか？」

「ええ」

リッチーは、カップのなかのコーヒーをおもむろに見つめてゆっくりと頷いた。

「おれもわかる」

「どう答えていいのかわからないわ」

「じゃあ、ロージーの話でもしよう」と、リッチーがいった。

3

わたしは父が大好きで、子供のころから、父の愛情をめぐって姉や母と争っていた。だから父と一緒にいられるのは嬉しかったし、一緒に重大事件の捜査にあたるのは、わたしにとって一種の勝利だった。もちろん、そんなふうに思うのはおかしいというのもわかっていた。

警察が本部に部屋を用意してくれたのに、父はしょっちゅうわたしのアパートに来た。といっても、たえず誰かと電話で話をしていたし、出かけることも多かったのだが、夕方にはわたしと一杯飲んでから家に帰った。わたしは父と飲むのを楽しみにしている一方で、一杯飲んだら家に帰ってほしいとも思っていた。

七月初旬の火曜日の午前七時半。よく晴れた気持ちのいい朝で、ロージーを散歩に連れていって戻ってくると、父から電話がかかってきた。

「八時に迎えにいく。またひとり殺されたんだ」

死体は、バックベイ・フェンズを流れるマディー・リバー沿いの丈の高い葦《あし》の茂みのなかで見つかった。五十五歳前後の男性で、パウダーブルーのジョギングスーツを着て、おろしたての白いスニーカーをはいていた。右耳のうしろを撃たれ、そばには硬貨が三枚落ちていた。現場には、ボストン市警で殺人課の課長をしている、大柄でタフで身なりのいいマーティン・クワーク警部も来ていた。ほかに警官が十人ほどとマスコミ関係者が五、六人いて、テレビ・レポーターもふたりいた。

「フィル」と、クワークが声をかけてきた。

「やあ、マーティン。娘のサニーだ」

「はじめまして」と、挨拶した。

そして、握手を交わした。

「またやりやがったようだ。被害者の財布は盗まれてなくて、なかに百二十ドル入ってた。セックスが目的だった形跡もない。致命傷となった銃創以外に、襲われたことを示す証拠はないんだ。弾はまだ見つかってないが、傷を見た感じでは特殊なものじゃなさそうだ」

父はしばらく被害者を見下ろしていたが、やがてしゃがみ込み、血がこびりついた髪を払いのけて銃創を見た。

「おそらく九ミリだ。もしかすると三八かもしれんが」

「ああ。それに、もしかすると四〇かも。貫通してないので、解剖すればわかるだろう」

「解剖したら、ほかになにがわかる？」と、父が訊いた。

「べつになにもわからないはずだ」と、クワークが答えた。「それは昔もいまも変わらない」

父が頷いた。

「実況見分はもうすませたのか?」

「ああ。鑑識の誰かに説明させるよ」

鑑識の誰かというのは、赤毛をポニーテールにしたエミリーという名の若い女性警官で、わたしと父をパーク・ドライブの歩道へ連れていった。

「犯人はここから被害者のあとをつけていったのだと思われます」

エミリーはそういいながら、どこに道があるのかよくわからない葦《あし》の茂みに分け入って川に向かって歩きだした。父とわたしもあとを追った。

「被害者はハサミを持ってたんです」と、エミリーが説明した。「それに、ショッピングバッグも。ショッピングバッグには葦《あし》が六本入ってました。フラワーアレンジメントにでも使うつもりだったんだと思います」

わたしたちは、茎の上のほうが切り取られている葦《あし》のそばで立ち止まった。

「被害者はここで葦《あし》を切ったんです」と、エミリーが説明を続けた。「ショッピングバッグに入っていた葦《あし》と切り口が一致しましたから。手にハサミを持ったまま撃たれたようなので、まだあと何本か切るつもりだったんでしょう。ハサミは、被害者が倒れていた場所から少し離れたところに落ちてました」

「ここに倒れていたわけじゃないのね」と、確認した。

「ええ」

エミリーはわたしたちを連れて細い道を進んだ。

「被害者は形のいい葦《あし》を探して歩きつづけたんです」そういって、エミリーも歩きつづけた。「ちょうどこのあたりまで」

ついに犯行現場に着いた。

「被害者が形のいい葦《あし》を見つけて足を止め、ハサミで切ろうとしていると、犯人が……」

エミリーは親指と人差し指で拳銃を撃つ真似をした。

「バン、バン」

「二発撃ったのか？」と、父が訊いた。

エミリーはほんのりと頬を赤らめた。

「いいえ。すみません。勝手に脚色してしまって。撃ったのは一発だけのようです」

父はなにもいわなかった。

「足跡は？」と、わたしが訊いた。

エミリーはかぶりを振った。

「このあたりは地面がぬかるんでいるので、足跡がつかないんです。たとえついたとしても、人が大勢やって来ますから。マリファナを吸ったり、お酒を飲んだり、セックスをするために。葦《あし》を切りに来る人やバードウオッチングに来る人もいますし」

「被害者の名前は？」と、ふたたび父が訊いた。

エミリーはシャツのポケットから小さな手帳を取り出して開いた。

「ユージン・ネヴィンズです。ジャージー通りに住んでました。結婚指輪をはめてたんですが、アパートに電話をかけても誰も出ず、留守番電話に録音されていたのは本人の声で、アパートにはひとりで住んでいることになっていたようです」

「妻に先立たれたのかもしれないし、離婚したのかもしれん」と、父がいった。

「ひょっとするとゲイだったのかもしれないわ」と、わたしがいった。「フラワーアレンジメント用に葦《あし》を切りに来るノーマルな男性はそう多くないはずよ」

　父が頷いた。

「身内は？」と、父が訊いた。

「まだ連絡がついてないんです」と、エミリーがいった。「いま探しているところです」

「犯行時刻は？」

「解剖すればわかるはずですが」と、エミリーはいった。「おそらく昨日の午後五時から七時ごろだと思います」

「銃声を聞いた者はいないんだな」

「そういう通報は入ってません。その時間帯だと、フェンウェイ通りはかなり交通量が多いんですが、夏はみんな車の窓を閉めてエアコンをつけてますから」

「クインシー・マーケットで真っ昼間に拳銃を撃ったって誰も通報してこないのと同じだ」と、父がいった。

「通報したってしょうがないと思ってるからですか？」と、エミリーが訊いた。

「それに、銃声だったとは思いたくないからだ。みんな、やらなきゃならないことがほかにいろいろあって、忙しいし」

「ずいぶん皮肉な見解だと思わない？」と、わたしがエミリーに同意を求めた。

「でも、経験豊富なランドル警部がそうおっしゃるのなら、そうなんだと思います」

「そうね」と、相槌を打った。「わたしもそう思うわ」

4

わたしもロージーも夕食を食べて、散歩もすませた。ロージーはベッドの枕の下に鼻を半分突っ込んで、その上に片方の前足をのせて寝ていた。わたしはパジャマに着替えてロージーの横に寝そべると、物乞いキラーが二十年前に父に送りつけてきた手紙のコピーを読んだ。

親愛なるランドル警部
まずは、物乞いキラーの合同捜査本部長就任、おめでとう。〝物乞いキラー〟とは、なかなかいいあだ名だ。気に入った。まだふたり殺しただけなのに、早々とあだ名がつくとは嬉しいかぎりだ。いや、心配するな。おれはこれからも続けるつもりでいる。あんたを退屈させたくないからな。ハハハ。おれがどうして現場に小銭を残していくかわかるか？　じつは、おれにもわからないんだ。突き止めたら教えてほしいものだ。まあ、しっかりやってくれ。

物乞いより

字は、書いたというより描いたといったほうがいいような、凝ったブロック体だ。

親愛なるフィル

フィルと呼んでもかまわないよな。おたがいに親交を深めようとしているのだから。あんたはしょっちゅうおれのことを考えているはずだし、おれもしょっちゅうあんたのことを考えている。一度、どこかで会うというのはどうだ？　もちろん、すでに顔を合わせているのにあんたが気づいてないだけだということもある。世間は狭いからな。それはともかく、捜査は進んでるのか、フィル？　あんたたちがパターンを見つけようと躍起になっているのは大歓迎だ。しかし、見たところ、あまりうまくいっていないようだな。

また連絡する。

物乞いより

ロージーはとなりで小さないびきをかいている。わたしは天井の電気を消して、ベッドの脇のランプの小さな明かりを頼りに手紙を読んだ。アパートのほかの部分は真っ暗になった。聞こえるのは、ロージーのいびきとエアコンのかすかな唸りだけだ。けれども、その闇と静寂のなかに、二十年の時を経て男の陰湿な声がよみがえったような錯覚に襲われた。しかも、その声は実際に聞こえてきたかのようにわたしのアパートに漂いつづけた。

親愛なるフィル

調子はどうだ？　わざわざいわなくてもわかっていると思うが、こっちはうまくいっている。このあいだのはとくによかった。相手がなにも気づかないうちに殺すのは、じつに愉快だ。そっとあとをつけていって、バーンといきなり撃って殺すのは！　面白いからやっているると思ってるんだろ、フィル？　人が倒れるのを見ると嬉しくなるからだと。あんたは、おれがなぜこんなことをするのか知りたいはずだ。おれ自身にもそれはわかってないのかもしれない……いや、わかっているのかも。テレビであんたを見るのを楽しみにしてるよ。

せいぜい頑張ってくれ（おれのような人間を追うのはたいへんだと思うが）。

物乞いより

わたしは眠っているロージーの脇腹に片手をのせた。ロージーの体は堅いが、あたたかい。そのまま、ほかの手紙も読んだ。全部読み終えると、あらたに届いた手紙を取り出して、もう一度読み返した。手紙はどちらもブロック体で書かれていて、語り口も同じだ。やはり同一人物なのだろうか？　しかし、確証はない。古い手紙の何通かは二十年前に新聞に載った。だから、同一人物だと思わせたければ、その新聞を探して真似ればいいのだ。だが、同一人物ではなく、真似たわけでもなく、たんに同じブロック体で稚拙な文章を綴っただけなのかもしれない。文章の形態は内容に影響をおよぼすという。文章の形態と内容？　大学一年生のときに作文の授業を受けたが、もっと真面目に勉強しておけばよかったと後悔した。法言語学者を探して意見を聞いたほうがいいかもしれない。

手紙は床に置き、ランプを消してベッドの上に仰向けに寝そべると、闇を見つめながら手紙の内容について考えた。手紙を見ないほうが、さまざまな視点から客観的に考えることができると思ったのだ。

古い事件のことを考えるのは無駄だ。この二十年間、誰も解決できなかったのだから。新しい事件のことだけを考えたほうがいい。自分が物乞いキラーだったらどうするか、考えてみるのもいい。

わたしは弾をこめた銃を持って街を歩いている。弾をこめた銃はけっこう重い。やがて殺したい人物を見つけると、あとをつけてチャンスが訪れるのを待ち、近づいていって無言のまま引き金を引く。撃つのは一発だけだ。腕には自信がある。相手が死んだのは間違いない。わたしは銃をしまって、硬貨を置く。その後、しばらく付近にとどまって現場の様子を見守ってもいい。死体が発見されるのを見るのはわくわくするはずだ。警官が到着するのを見るのも楽しい。あるいは、殺したらさっさと立ち去って、新聞を読んでほくそ笑むかもしれない。テレビで現場からの中継を見てもいい。中継しているのは美人レポーターで……そもそも、こんなことをするのは世間の注目を浴びたいからだろうか？　自分が大物になったような気がするからだろうか？　父に手紙を書くのはなぜだろう？　なぜ親近感と憎悪の入りまじった手紙を書くのだろう？　最近の二件も過去の七件も、犯人は人目につきにくい場所を選んで犯行におよんでいる。被害者の家に忍び込んで撃ち殺したわけではない。つねに屋外の、しかも市内の、まわりに人はいるが目につきにくい場所で殺している。川のほとりや陸橋の下や、路地の奥や公共の駐車場で。被害者を選ぶのも、そういう場所なのだろうか？　撃ち殺すのに都合のいい場所で誰かがやって来るのを待つのだろうか？　それとも、なんらかの基準で相手を選んで、人気のない場所まであとをつけていって殺すのだろうか？

動機についても、もう一度考えた。物乞いキラーはなぜ人を殺すのだろう？　なぜ現場に硬貨を残していくのだろう？　金額はそのときどきによって異なるが、硬貨はつねに三枚だ。それに、なぜ二十年もたってふたたびあらわれたのだろう？　もし同一人物の犯行なら、なぜ二十年も中断していたのだろう？　なぜ再開したのだろう？　模倣犯なのだろうか？　そうだとしたら、なにが彼を駆り立てたのだ？　あるいは彼女を？　連続殺人犯はたいてい男だ。しかし、女性だという可能性もある。

目が暗がりに慣れて、アパートのなかがよく見えるようになった。天窓の下に置いてあるイーゼルも、出窓の手前に置いてあるテーブルと椅子も、キッチンのカウンターも、スイッチを切ったテレビも見えた。ロージーは小さな体でベッドを半分占領している。夜はいつもそうしているように、銃はベッドサイドテーブルの引き出しのなかにしまってあった。

5

会議は市長室の一角にある広い部屋で開かれた。ボストンの市庁舎を外から見ると、煉瓦を敷き詰めた広場にぽつりとそびえ立つ巨石のようだ。内部も外観以上に殺風景で、内装に使われている灰色の板石も、冷たい感じのする照明も、その建物の役割よりデザインを重視しているように思えてならなかった。

市長は市庁舎よりはるかにあたたかみのある人物で、彼が配慮を示して会議の司会役をつとめてくれたおかげで、なにかの間違いで中世の城のなかに迷い込んでしまったような思いは薄らいだ。会議には、ボストン市警の本部長とクワーク警部、州警察殺人課課長のヒーリィ警部、公安委員長、FBIボストン支局長のネイザン・エプスタイン特別捜査官、それに、サフォーク郡の地方検事事務所から来た女性と法務局から来た男性が出席した。そういった地位の高い人物のアシスタントやお付きの者に加えて、わたしの父と父のアシスタント――つまり、わたし――も同席した。

「発言するときは、各自、自己紹介をしてほしい」と、市長が全員に告げた。「わざわざ自己紹介をするのは時間の無駄かもしれないが、それぞれ、すでに面識があるのかどうかわからないので」

市長はそういって全員を見まわしたが、異議を唱える者はいなかったので、力強く頷いた。

「会議の記録は取るが、公表するためではなく、それを今後の捜査に役立てるためだ。物乞い殺人事件を解決に導くためには、たがいの率直な意見交換が不可欠だと私は思っている。縄張り意識は捨てて、忌憚なく発言してほしい。目指すゴールはみな同じだ。したがって、ゴールに到達するために必要なものもほぼ同じはずだ。だから、自由に意見を戦わせてくれ。ただし、できることなら私の悪口はいわないでほしい。もちろん、他のメンバーの悪口も」

市長がボストン市警の本部長のほうを向いた。

「ベス・アン。まずはきみから始めてくれたまえ」

本部長のベス・アンは、ほっそりとした体を仕立てのいいグレーのスーツで包んでいた。目は水色で、髪には白いものがまじっている。左手には結婚指輪をはめていた。

「ボストン市警本部長のベス・アン・ハーティガンです。州当局からも連邦政府からも協力を得て、嬉しく思っています」

ベス・アンはちらっとエプスタインを見て頷いた。

「われわれはすでに市内の巡回要員を三倍に増やしました。市警の警察官に州警察官と連邦保安官助手を加えて」

「それは一般市民にもわかるのか？」と、市長が訊いた。

「だといいんですが、どうでしょう。市民が気づいて安心感を覚えるようにするには、市警の警官はもちろんのこと、州警察官と連邦保安官助手を総動員してもまだ足りないと思います」

市長はふたたび頷いた。

「まあ、気づく者は気づくだろう。で、捜査担当者も増員したのか？」

「はい」と、ベス・アンが答えた。「かき集められるだけかき集めて捜査に当たらせています」

「それで、進展具合は？」

「クワーク警部が捜査の指揮をとっていますので、直接報告させます」

市長がクワークを見た。

「じゃあ、頼む」

「ボストン市警、殺人課課長のマーティン・クワークです。まだ進展と呼べるような成果はあがってないのですが、強力なチームを組んで全力で捜査に当たっているところです。FBIからはエプスタイン特別捜査官に、州警察からは殺人課のヒーリイ警部に来てもらい、二十年前の事件の捜査責任者で、すでに引退しているフィル・ランドルにも顧問として加わってもらっています。エプスタイン特別捜査官は、FBIのプロファイラーに犯人像を割り出してもらってくれました。それによると、犯人は二十歳から四十五歳のあいだの白人男性で、教養はあるものの、大学院に進んで専門的な教育を受けたわけではなく、短大を出た程度だろうということです」

「どうしてそんなことがわかるんだ？」と、市長が訊いた。

「犯行の場所や、犯人が警察に送りつけてきた手紙の文章を分析した結果です」

クワークはそういってエプスタインを見た。

「少しは推測も含まれてるでしょうが」

エプスタインは苦笑を浮かべて肩をすぼめた。

「それで？」と、市長が先をうながした。

「わかっているのはそれだけです」と、クワークが認めた。「まだ犯人の特定はできていないし、動機もわかりません」

「小銭については？」と、市長が訊いた。

「あれは署名のようなものだと思います」と、クワークが続けた。「自分の犯行だと世間に知らせるためのものだと。小銭を持っていたところで違法ではないので、たとえわれわれが犯人を逮捕してポケットに小銭が入っているのを見つけても、なんの証拠にもならないわけですし。小銭は誰だって持ってますから」

市長が頷いた。

「しかし、もしかすると犯人は捜査を攪乱しようとしているのかもしれません」と、クワークがいった。「だとすると、小銭にはなんの意味もありません。あるいは、犯人にとってはなにか特別な意味があるものの、ほかの者には意味がないのかも」

「きみは法心理学の知識があるのか？」と、市長が訊いた。

「はい」

「それで？」

クワークはかぶりを振った。

「犯人の動機はわかりません。二十年前になぜあのようなことをしたのかもわかりません。もちろん、同一人物の犯行だとすればの話ですが、いったん犯行をやめた理由も、再開した理由もわかりません」

市長が父を見た。

「フィル？」

「フィル・ランドルです」と、父が自己紹介した。「二十年前には、犯人に結びつく手がかりがなにひとつなかったんです。ただ、いずれミスを犯すはずだとは思っていたし、いまでもそう思ってます。選んだ場所がまずくて犯行の最中に誰かに見つかるとか、撃ちそこなって被害者に顔を見られるとか、あるいは、うまい具合に警官が犯行現場を通りかかるとか」

「さしあたって、今度また事件が起きたらできるだけ大勢動員して、もし可能であれば現場一帯を封鎖しようと思ってます」と、クワークがいった。「犯人が付近をうろついて、捜査の状況を見物しているかもしれないので」

「犯人がそんなことをするだろうか？」と、市長が疑念を口にした。

「FBIのプロファイラーはそういうこともあり得ると考えています」と、クワークが説明した。「いつもアドバイスをしてもらっている精神科医も同じ考えです」

「犯人かどうか、どうやって突き止めるんだ？」と、市長が訊いた。

「凶器を捨てずに持っているかもしれませんから」と、クワークがいった。

「ちょっと待て。じゃあ、付近にいる者を全員、ボディチェックするのか？」

「ええ、封鎖した区域内にいる者は全員」と、クワークが答えた。

「男性も女性も？」

「はい。やるからには徹底的にやらないと。プロファイラーが間違っている可能性もありますし」

「なら、女性警官も動員しないとな」

「そうします」

「それでも、人権擁護派は職権の乱用だと騒ぐはずだ」

「犯人を捕まえるもっといい方法を彼らが知っているというのであれば、喜んで拝聴しますよ」

会議は驚くほどスピーディーに進んだ。まだなにもわかっていないので、進捗状況の説報告が短かかったことがその主な理由なのだが。

会議が終わってわたしと父が席を立とうとすると、市長がそばに来た。

「ほんとうの名前はソーニャなんですが」

「あんたの娘か、フィル？」

「サニーです」と、父がわたしを紹介した。

「妹のほうだな」と、市長がいった。

「ええ」

市長はにっこり笑って手を差し出した。

「赤ん坊のころのきみを覚えてるよ。私はハイドパーク地区から市会議員に出馬してたんだが、きみの親父さんが非番の日に私の運転手をしてくれていたので。きみも以前は市警に勤めてたそうだな」

「はい」

「で、いまは親父さんの手伝いをしているわけだ」

「ええ」

「それはいい」と、市長はいった。「親孝行だ」

6

新しくてきれいな警察本部内に用意された父の小さなオフィスにいると、クワーク警部が肥満気味の男を連れてきた。その男はサンダルをはいて、裾をズボンの外に出して着るメキシコ風のシャツを着ていた。シャツの前身頃には黒い糸で縦に刺繍がほどこしてある。髪は砂色で、ウェーブがかかっていて、縁が黒い楕円形の眼鏡をかけていた。

「ティモシー・デヴォーだ」と、クワークが男を紹介した。「このふたりは、事件の捜査をしているフィル・ランドルとサニー・ランドル」

わたしたちはたがいに初対面の挨拶を交わした。黒縁の眼鏡の奥のデヴォーの目は充血していた。

「ミスタ・デヴォーは殺されたユージン・ネヴィンズのパートナーだったんだ」と、クワークが説明した。

「気の毒に」と、父が同情を示した。

「お気持ちはよくわかります」と、わたしもなぐさめた。

「どうも」と、デヴォーが応じた。

「今朝、ミスタ・デヴォーに身元の確認をしてもらった」と、クワークが報告した。

「話はできるか？」と、父が訊いた。

「ええ」と、デヴォーが答えた。

父は彼に椅子をすすめた。

「話がすんだら、ミスタ・デヴォーをおれの部屋に連れてきてくれ」と、クワークが声をかけた。

父が頷くと、クワークは部屋を出ていった。「誰かに家まで送らせるから」

「あんたのパートナーが殺された理由に心当たりはあるか？」と、父がたずねた。

デヴォーはゆっくりとかぶりを振りつづけた。

「ミスタ・ネヴィンズは結婚指輪をはめてたようですが、あなたがたは結婚なさってたんですか？」と、わたしが訊いた。

デヴォーが左手を上げた。彼も結婚指輪をはめている。

「同性婚が法的に認められた翌日に結婚したんだ」

デヴォーの声は震えていた。

「その前から一緒に暮らしてたんですか？」と、ふたたびわたしが訊いた。

「ああ、二十五年前から」と、デヴォーはいった。

「誰かから脅迫を受けたことは？」と、父が訊いた。

「ない。おれたちが結婚しようとしまいと、誰も興味を持っていないようだったし」

「ほかの件であんたやミスタ・ネヴィンズが脅迫を受けたことは？」

「それもない。人目はつねに気にしてんだ。だから、公衆の面前でキスをしたり、手をつないで通りを歩いたりはしなかった」

父が深く息を吸い込むのがわかった。

「性的な指向以外でトラブルはかかえてなかったのか？　どんなトラブルでも、なにが原因でもかまわないんだが」

「トラブルなんてかかえてなかった。おれたちは目立たないようにしてたんだから」

父が頷いた。

「ミスタ・ネヴィンズはどこで働いてたんだ？」

「そういうことは、すでにほかの警官に話したよ」

「わかってる。すまないな」と、父が謝った。「だが、これが捜査の手法なんだ。同じことを別の人間が繰り返し質問するのが」

「おれたちはボイルストン通りで小さな額縁屋を営んでいた」

「バックベイ・フェンズの近くで？」

「ああ」

デヴォーが番地を告げた。

「ふたりで一緒に？」と、わたしが訊いた。

「ああ」

「店は繁盛してたんですか？」

「ふたりが食べていける程度には」と、デヴォーがいった。「べつに、その……贅沢がしたいわけじゃなかったし」

「じゃあ、金銭的なトラブルはなかったわけだ」と、父がいった。「多額の借金があるとか、家賃の支払いが滞っているといったようなことは」

「ああ。払わなきゃいけないものはきちんと払ってたし、クリスマスには旅行にも行ってたんだ……毎年、暖かいところへ」

「敵は？」と、父が訊いた。

「いないよ。さっきもいったように、目立たないようにしてたので」

質問はまだ続いた。これまで何度同じような事情聴取が行なわれたのだろう？　悲しみに暮れる人たちが、いったい何人、似たような質問をぶつけられたのだろう？　それも、捜査の役になど立ちそうにない質問ばかりを。けれども、訊かないわけにはいかなかった。

「ミスタ・ネヴィンズに身内は？」

「姉と弟がひとりずついる」

「名前は？」

わたしたちは、ミスタ・ネヴィンズの姉や弟、義理のきょうだい、甥、姪、友人、それに店の客とも会って、こっちもうんざりするような、しかし、どうしても訊いておかなければならない立ち入った質問をすることになるはずだ。今回のひとり目の被害者となった黒人の青年の家族や友人にはすでにたずねたものの、なにひとつ手がかりが見いだせず、いまだに繰り返したずねているのと同じ質問を。セオドア・ユースティスという名のその黒人の青年はボストン・カレッジの二年生で、会計学を専攻していた。

「友人は？」

デヴォーは何人かの名前を挙げた。

「ほかに、その——これも捜査のためなので気を悪くしないでほしいんだが——親密な関係にあった人物は？」

デヴォーは急に泣きだして、泣きながらかぶりを振った。が、父が黙って待っていると、そのうち自制を取り戻した。

「そんなことを訊くのは、おれたちがゲイだから……」

「それは関係ない」と、父はいった。「誰にでもたずねるんだ」

父は机の反対側へクリネックスの箱を滑らせた。デヴォーはティッシュペーパーを一枚手に取ると、涙を拭いて洟をかんだ。わたしは、机の脇のごみ箱をデヴォーの手の届くところに置いた。

「わかってる」と、デヴォーはいった。「捜査のためだというのは、わかってる」

「ほかに友人や知人はいなかったのか？」と、父が訊いた。「全員のリストをつくって渡してくれないか？」

「リストはつくるといったんだ。ほかの警官にたずねられたときに」

デヴォーは苛立ちを見せはじめた。

「いますぐ全員の名前は思い出せないので、家に帰ってアドレス帳を調べて、メールで送るよ」

「わかった。じゃあ、とりあえず思いつく名前を五つだけ挙げてくれ」

「それも、もうほかの警官に話した」

「ほとんど同じ質問の繰り返しになるはずだ」と、父がいった。「決まった手順に従って事情聴取をしてるんだから」

デヴォーは深く息を吸い込んで吐き出すと、女性三人と男性ふたりの名前を挙げた。父はなにもいわずにその名前を書きとめた。

「どうしてこんなことをするんだ?」と、デヴォーが訊いた。「おれをいじめてるわけじゃないというのはわかるが、物乞いキラーのしわざだってことは明らかじゃないか」

「そうと決まったわけじゃない」と、父はいった。「しかし、たとえ物乞いキラーのしわざだとしても、まだ正体はわかってないんだ。もしかすると、誰かの知り合いかもしれないし」

「おれたちの知り合いじゃない」と、デヴォーは否定した。

父が頷いた。

「つらいのはわかるよ、ミスタ・デヴォー。ところで、店には従業員がいるのか?」

それからさらに四十五分ほど話をしたものの、デヴォーは疲労困憊しているようだった。

わたしはクワークのオフィスまで付き添っていったが、その間、デヴォーはひとことも口をきかなかった。クワークのオフィスの前でわたしが「お疲れさまでした」と声をかけると、彼は無言のまま頷いた。わたしは、倒れ込むように椅子に座って誰かが家まで送ってくれるのを待つデヴォーをクワークのオフィスに残して、父のところへ戻った。

「気の毒だったわ」

「いつものことだ」と、父はいった。

「これからもまた同じ思いをする人が出るかもしれないのよね」

7

日曜日の午後。わたしは両親の家の裏庭で父とビールを飲んでいた。姉のエリザベスは白ワインを、母はバーボンのオン・ザ・ロックを飲んでいた。母はいつもバーボンのオン・ザ・ロックを飲む。これがいいと思い込んだら、なかなか変えようとしないのだ。

「うまくいくと思う？」と、父に訊いた。「現場の周辺を封鎖するつもりなんでしょ？」

「たとえうまくいかなくても害はない」と、父はいった。

エリザベスも髪はわたしと同じブロンドだが、彼女のほうがきれいなブロンドだ。ふたりとも髪の色は母に似たが、姉は服装の好みも母に似ていて、その日は丸い大振りのサングラスをかけて、胸元が大きく開いたスクウェア・ネックのピンクのドレスを着ていた。なのに、大胆に身を乗り出してグラスにワインのおかわりを注いだ。

「おいしいワインだと思わない？」

ワインを飲んでいるのは彼女だけだったので、誰もなにもいわなかった。

「物乞いキラーもばかじゃないわ」と、わたしがいった。「たとえあたりをうろついていたとしても、警官の姿を目にしたら銃を捨てるんじゃない？」

「たぶんな。だが、捨てているところを取り押さえることができるかもしれないし、それが無理でも凶器は発見できる。うっかり指紋を残しているかもしれないし」

「これは、いまお付き合いしている人がナパ・バレーからケースで買ってきたのよ」と、エリザベスがいった。「ハーヴァードの教授なの」

父はテーブル越しに手を伸ばし、エリザベスのグラスを持ってひと口すると、飲み込んで一瞬考え込んだ。父は臙脂《えんじ》色の半袖のポロシャツを着ていたが、腕はいまだに太くて、筋肉が盛り上がっている。

「たしかにうまい。ワインはめったに飲まないんだが、これはイケるよ」

父はそういってエリザベスにグラスを返した。

「マスコミが大騒ぎするでしょうね」と、わたしがいった。「もし、なにも見つからなかったら」

「マスコミはすでに大騒ぎしてるよ」と、父が受け流した。「二十年前もそうだった」

「ふたりでなんの話をしてるの？」と、母が訊いた。「こそこそと、泥棒みたいに」

「警官どうしの、ごくありふれた世間話だ」

父は立ち上がってポーチへ行くと、クーラーボックスのなかからビールを一本取り出してわたしを見た。わたしのビールはまだ半分残っていたので、かぶりを振った。母は父を見てからわたしを見た。その日の母は、上着にきらきら光る花模様の刺繍をあしらった、あざやかなブルーのパンツスーツを着ていた。

「どうせなら、あなたもワインを飲むべきだわ」と、母がいった。「ビールは男の人の飲み物よ」

「それならバーボンのほうがいいわ」と、いい返した。

「わたしはバーボンひと筋よ」と、母が続けた。母は音を充分に伸ばさないので、〝バボン〟といっているように聞こえる。「バーボンなら、どのぐらい飲んでも大丈夫か、自分でわかるの」

わたしは頷いて、ビールをラッパ飲みした。ほんとうのことをいうと、わたしもビールが好きなわけではない。けれども、父はビール党だ。

「わたしはワインのほうがいいわ」と、エリザベスがいった。「いま、ワインの本を読んでるの。いろんなワインを試してみるのも楽しいわよ」

父がビールを手に戻ってきて、椅子に座った。

「お付き合いしているハーヴァードの教授と、ときどきテイスティングに行ってるの」と、エリザベスがいった。「どのワインにはどのチーズが合うかってことも考えるのよ。いろいろ勉強しないといけないことがあるんだけど、いろんなことがわかればますます楽しくなるわ。彼は、今度、チーズの本を探してきてやるといってくれてて」

「なんて名前なの?」と、母が訊いた。

「チャールズよ」と、エリザベスが教えた。

「名字は?」と、ふたたび母が訊いた。

母は氷を触れ合わせて音を立てると、空《から》になったグラスを父に渡した。父はまた立ち上がり、母のグラスを持ってお代わりをつくりに行った。

「ドクター・チャールズ・シュトラーサよ」と、エリザベスがいった。

「ユダヤ人？」

「いいえ。ドイツ人なの」

「ドイツ生まれなの？」

「そうじゃなくて、ドイツ系ってこと」

父が母のお代わりを持ってきた。母はグラスを受け取ってひと口飲んだ。

「ハーヴァードにはユダヤ人が多いのよ」

「父さんは今後もまだ続けると思ってるのね」と、わたしが父に確かめた。

「やめるとは思えないんだ」

「おかしいけど、わたしは続けてほしいと思ってるの」

「気持ちはわかる」

「また誰かが殺されるのを待ってるわけじゃないのよ。でも、彼が犯行をやめてしまったら捕まえられないかもしれないでしょ」

「相変わらずつまらない話をしてるのね」と、母が割り込んできた。「もう少し面白い話をしたらどう？」

母はすでに呂律《ろれつ》が怪しくなっている。

「それに、女性がそんな物騒な話をするのはよくないわ。サニー、あなたは誰かとお付き合いしてるの？」

「いまは誰とも」と、答えた。

「無理もないわ」と、母は嫌味をいった。「男性はかわいい女性が好きなんだもの。警官と付き合いたいと思う人なんているわけないでしょ」

「わたしはもう警官じゃないのよ」と、抗議した。

「警官はレベルが低いから。わかるでしょ。警官が毎日どんな人と顔を合わせてると思う？」

「でも、母さんと結婚したような男性と知り合うチャンスだってあるかもしれないし」

母はわたしのいったことの意味を理解していないようで、一瞬、目に怯えの色を浮かべたが、それを押し隠してさらにわたしを攻撃した。

「それに、生意気な女と結婚したいと思う人もいないわ」

「サニーがいいたかったのは、あんたは警官と結婚したけどそれなりに幸せじゃないかってことだよ」と、父が通訳してくれた。

「あなたがわたしのいうとおりにしてたら、本部長になれたはずよ」と、母が矛先《ほこさき》を転じた。

父は母にほほ笑みかけた。

「人の意見を聞かないのがおれの悪いところなんだ。いまごろ気づいても、もう遅いんだが」

母はまた父に空《から》のグラスを差し出した。父はグラスを受け取って、またお代わりをつくりに行った。わたしも席を立ってあとを追った。

「母さんは、どのぐらい飲んでも大丈夫かわかるといってたのに」キッチンに入っていって、父に怒りをぶつけた。

「ちゃんとわかってるんだよ」と父はいって、にやりとした。「でも、気にしてないんだ」

8

周辺を封鎖して犯人を捜すことを考えると、今度の現場は理想的な場所だといえた。サマードレスを着た若い女性の死体を発見したのは、出勤してきたスワンボートの漕ぎ手だった。死体は水面から一メートルほどの深さのところにうつぶせに浮いていて、ドックにつないであるスワンボートにぶつかっていた。ドックの端には五セントと十セントと二十五セント硬貨が一枚ずつ落ちていて、アヒルが数羽、物見高くドックの近くを泳いでいる。パブリック・ガーデンはフェンスを張りめぐらせて封鎖されていた。ただひとつ難があるとすれば、ちょうど出勤時間帯だったので、人通りが多かったことだ。

父とわたしが到着したときにはすべての出入口に警官が立ち、誰かがフェンスによじのぼって逃げようとした場合に備えて、パトカーが公園の周囲を巡回していた。出入口には、どこも長い列ができていた。無理やり並ばされた人たちは、仕事に遅れると、ぶつぶつ文句をいっている。しかし、そんなことにかまってはいられない。出入口に立っている警官も気にしていないようで、列はどんどん長くなっていった。

公園内では、制服と私服、双方の警官がゆっくりと歩きまわっていた。アヒルは池の片隅に集まり、リスや鳩は、ピーナッツをもらえるのを期待して警官のあとを追いかけている。レポーターとカメラマンとテレビ局のスタッフも、一緒に警官を追いかけている。父とわたしが公園の中央にある池の橋の上でクワーク警部と話をしていると、ひとりの女性が近づいてきた。背の高い、取りすました感じの女性で、父が警官のにおいを放っているのと同様に、その女性も金持ちのにおいを漂わせていた。

「あなたが責任者ですか？」と、女性がクワークに訊いた。

「ええ、一応」と、クワークが答えた。

「強く抗議したいんですが」

「あいにく、苦情の受付係ではないので」と、クワークがかわした。

「そんないい逃れが通用すると思ったら大間違いよ」と、女性が息巻いた。「きちんとした説明もなくいつまでも足止めするなんて、許しがたいことだわ」

もうすぐ正午だ。わたしたちが到着する何時間も前からクワークが現場に来ていたのは知っていた。

「若い女性が殺されるというのも許しがたいことなので」と、クワークがいい返した。

「気の毒に」と、その女性はいった。「それで、あなたは多忙な一般市民を足止めすれば事件が解決すると考えてらっしゃるの？」

クワークは目を閉じて首を突き出すと、ふたたび目を開けて女性を見た。非情な警官を演じさせたら彼の右に出る者はいない。

「失せろ」

女性は殴られでもしたかのようにびくっと体を動かした。わたしは彼女の腕に手を置いた。

「警部はお疲れなんです。わたしが出入口まで送りましょう。先に通してもらえるかもしれませんから」

女性は頬を赤らめた。息も浅くなっているようで、黙ってわたしについてきた。アーリントン通りの出入口の人の列はまだそうとう長かったが、ボディチェックをしている警官のなかに市警に勤めていたときの同僚がいた。その同僚に向かってウインクして、女性のほうへ顎をしゃくると、こくりと頷いてくれた。

「アニー」彼は、女性のボディチェックを担当している仲間に声をかけた。「つぎはこのご婦人を頼む」

わたしは女性をアニーのそばへ連れていった。すると、並んでいた男性が文句をいった。

「どうして彼女が先なんだ？」

わたしの元同僚はその男性を見て人差しを突き出すと、列の先頭の黒人男性のボディチェックをした。わたしは池の上の橋に戻った。

一時十分前になると、黄色いチューリップが咲きほこる花壇の脇に立っていたベルソン部長刑事が指笛を吹いてクワークを呼んだ。クワークは頷いてベルソンのそばへ行った。父とわたしも一緒に行った。花壇のチューリップの葉の下に、ちらっと黒い拳銃が見えた。

「おれたちがすぐにあらわれたもんだから、あわてて捨てたんだ」と、クワークが決めつけた。

「じゃあ、犯人はここへ来たのね」と、わたしがつぶやいた。

「それが犯人のものならな」と、父がいった。

「わたしは犯人のものだと思うけど、賭ける？」と、父に訊いた。

「いいや」と、父はいった

クワーク、ベルソン、父、そしてわたしの四人は、封鎖されたままの公園をゆっくりと見渡した。誰もなにもいわなかった。手がかりになりそうなものはなにもなかった。やがて、クワークがしゃがみ込んで拳銃をよく見た。

「スミス＆ウエッソンのリボルバーだ」そういって、銃口を見るために身を乗り出した。

「三八だな」

クワークはさらに身を乗り出して地面に両手をつくと、両脚をうしろに伸ばして腕立て伏せをするような格好で銃口に鼻を近づけた。

「ごく最近撃っている」

曲げていた腕を伸ばして、脚も元の位置に戻したが、立ち上がりはしなかった。

「しかし、この花壇でではない。自分で薬莢を拾ったのなら話は別だが」

「おれはあっちを探す」ベルソンはそういって、スワンボートのドックのほうへ顎をしゃくった。

クワークは、依然としてしゃがみ込んだまま花壇を見つめていた。

「いや、おまえは銃を拾え。鑑識を呼ぶが、おまえが見つけたんだから」

ベルソンが頷いた。

「袋に入れて、ラベルを貼って、ラボへ持っていけ。結果が出るまでラボにいろ」

「オーケー」と、ベルソンが返事をした。

「おまえとラボの技官以外は手を触れちゃだめだぞ」と、クワークが念を押した。

「オーケー」

「薬莢は池のなかに落ちてるかもしれないので、ダイバーも呼ぶことにする」

「池の深さは一メートルもないんだぞ」と、ベルソンがいった。

「ああ。けど、水のなかに顔を突っ込まなきゃならないからな。ダイビングマスクなしでそんなことをしたいか?」

「マスクがあろうとなかろうと、ごめんだ」

「だから、ダイバーにまかせることにする」と、クワークが話を締めくくった。

三人で橋に戻る途中で、父がつぶやいた。「やつはここへ来たんだ」

クワークが頷いた。

「まだあたりをうろついているかも」

「いずれにしろ、名前はつかめるわけだ」と、父がいった。

「偽名の可能性もある」と、クワークが指摘した。

「偽の身分証明書を持ち歩いてるってことか？」と、父が訊いた。

「ああ」と、クワークが相槌を打った。「おれならそうする」

「しかし、やつがしでかしたのが連続殺人だけなら、偽造IDの入手方法を知らない可能性もある」父はなかなか納得しなかった。

「ウェブサイトがあるわ」と、わたしが教えた。

「偽造IDの？」

「なんでも載ってるの」

「おれはいい時期に引退したよ」と、父が本音をもらした。

「IDを持っていない人もいたはずだけど、そういう人たちはどうしたんですか？」と、わたしが訊いた。

「制服警官が家か職場まで付き添って確認してる」と、クワークがいった。

「確認が取れなかった人はいないんですか？」

「さあ。確認が取れない場合は連行しろといっておいた」

「身分証明書を持ってないってだけの理由で？」

「なにか適当な理由をつけて連行するんだ」

「そんな無茶な。ハーヴァード・ヤードで暴動が起きるわ」

9

木曜日の夜はいつも、九号線沿いにあるチェスナットヒルのメトロポリタン・クラブでジュリーと食事をすることになっていて、わたしとジュリーはバーでコスモポリタンを飲んでいた。コスモポリタンはブラッドオレンジを思わせるじつに美しい色をしているが、わたしたちも負けないぐらい美しかった。ジュリーはわたしよりいくらかふくよかで、わたしはべつに羨ましいと思っていないが、彼女はわたしが羨ましがっていると思っている。彼女はローライダー風のカヴァリのジーンズをはいて、黒いキャミソールの上にメダルをプリントした白いコットンジャケットを着ていた。わたしは着替えずにそのまま来たので、黄土色のフェイクスウェードのジーンズをはいて、黄色いTシャツの上にブルーのコットンジャケットをはおっていた。靴は、ふたりともオープントーのハイヒールだ。わたしのヒールのほうが低いが、それほど変わらない。

「ここのバーはいつ来ても静かね」と、わたしがいった。

「どこかほかの店のほうがいいの？」と、ジュリーが訊いた。

「そういうつもりでいったんじゃないわ」

「でも、わたしたちのようないい女が誰にも声をかけられないのはなぜ？」と、ジュリーが不満をあらわにした。

「その気がなさそうに見えるからじゃない？」と、なだめた。

「わたしはその気が大ありなのに」と、ジュリーが嘆いた。

「じゃあ、わたしのせいだわ」

「あなたのせい？　あなたは出会いを求めてないの？」

「いろんな出会いがあったから、当分はもういいって感じなの」と、正直に答えた。

「ノースショアの警察署長とはまだ続いてるの？」と、ジュリーが訊いた。

わたしはかぶりを振った。

「そうだったの。ごめんなさい」と、ジュリーが謝った。

「しょうがないわ。彼は別れた奥さんに未練があって、わたしはわたしでリッチーのことを忘れられずにいるんだから」

「なにをいってるの。リッチーは再婚したのよ」

「わかってる」

「いまでも会ってるの？」

「ええ。一緒にロージーの面倒を見てるから」

「それがなによ。わたしもときどき子供たちを迎えにマイクルのところへ行くけど、むらむらっとくることはないわ」

「わたしだって、それはないわ。でも、ロージーをふたりのものだと思ってるのは、まだ彼に対する未練を断ち切れずにいるからかも」と、自分の気持ちを話した。

「精神科医はなんといってるの？」

「いま、そのことについて話し合ってるところよ」と、答えた。

「あなたはどうなの？」と、ジュリーが訊いた。

「えっ？」

「どうしてほかの出会いを求めないの？」

「リッチーを愛してるからよ」と、打ち明けた。

「自分から別れようといいだしたのに？」

「ええ」

「どうかしてるわ」と、ジュリーがいった。

「それはセラピストとしての意見？　それとも、友人のひとりとしてそう思うってこと？」と、確かめた。

「両方ね。愛なんて、生理現象とご都合主義と幻想の産物にすぎないのよ。男はそれを巧みに利用してるのよ。愛を利用して女の体を貪り、貪りつくしたら、今度は愛を利用して自分の世話をさせるんだから」

「世話？」

ジュリーはコスモポリタンを飲みほして、バーテンダーに合図を送った。

「そうよ。男は赤ん坊と同じだもの。あなただってわかってるでしょ？」

「そんなふうに思ったことはないわ」

話の続きは予測がついた。大学に入る前から何度も母に聞かされていたので、一緒に口をパクパク動かすことさえできた。けれども、ジュリーはコスモポリタンを二杯飲んで饒舌になっていたので、止めようとしても止まらないのはわかっていた。

「男は手のかかる赤ん坊と同じよ。セックスの相手もしないといけないし、洗濯をして、食事をつくって、友人知人をもてなして、話し相手になってやって、子供の面倒を見て、つねに、あなたはいい人だといってあげなきゃならないんだから」

「そういっておだてないといけないのね」と、わたしが補足した。

「そうしないと、ほかの女のもとへ走ってしまうの」

「それって、エディプス・コンプレックスのせい？」

「もちろん」と、ジュリーがいった。「男の望みは、妻が母親の代わりになってくれることなの。それが無理だとわかると、望みをかなえてくれそうな女を探すのよ」

ジュリーの意見に異議を唱えたところで無駄だ。とくに、彼女がいささか過激な持説を披露しているときは。けれども、退屈だったし、夜はまだ長いので、一応、反論してみた。

「リッチーはそうじゃなかったわ」

「あなたがそう思い込んでるだけよ」と、ジュリーがはねつけた。「その青い目をとろんとさせて眺めてるからだわ。彼だってほかの男と同じよ」

「あら、わたしよりあなたのほうが彼のことをよく知ってるみたいね」と、切り返した。

「ええ」

ジュリーはお代わりに口をつけた。

「男どものことはよくわかってるの。あなたと違って、くだらない幻想に惑わされてないから」

「くだらない幻想？」

「わたしがなにをいいたいかわかるでしょ」と、ジュリーがたたみかけた。「あなたはなんでもロマンティックなマトリックスで判断するってこと」

「うまいことをいうわね」と、まぜ返した。「ロマンティックなマトリックスだなんて」

「いいわ、笑っても。でも、そのとおりだってことは、あなたもわかってるはずよ」

ジュリーは色あざやかなコスモポリタンをまたひと口飲んだ。

「あなたが診てもらっている精神科医は愛を信じてるの？」

「ええ、信じてるんじゃないかしら。愛をくだらない幻想だといったことはないし」

「どう思ってるのか、今度訊いてみたら？」と、ジュリーが焚きつけた。

「そうする」と、答えた。

ジュリーはバーを見まわした。

「隅にいるふたりがこっちを見てるわ」

わたしはそっと頷いた。

「もし声をかけてきたら、好きにして。わたしは興味がないから」

「了解」

ジュリーはそういって、ふたたび男たちのほうへ目をやった。

「じゃあ、好きなほうを選んでいいのね」

わたしはもう一度頷いた。一杯目のコスモポリタンは飲みほしたものの、ジュリーが勝手に頼んだ二杯目にはまだ口をつけていなかった。

「男は赤ん坊で愛はくだらない幻想だと思ってるのなら、どっちでもいいんじゃない？」

と、意地の悪いことをいった。

「赤ん坊だからって、興味をそそられないわけじゃないわ」と、ジュリーはいい繕《つくろ》った。

「ついさっきまでは、さんざん男の悪口を並べたてたくせに」と、責めた。

ジュリーは急に顔をほころばせた。わたしはそれを見て、なぜ彼女と気が合うのか再認識した。

「それは、あのふたりの視線に気づく前の話」

「じゃあ、いまはどう思ってるの？」と、訊いてみた。

「男と寝るのは究極の復讐よ」と、ジュリーはいい放った。

10

サマヴィルのユニオン・スクエアにあるダンキン・ドーナツの駐車場にとめた父の車のフロントシートに父と一緒に座って、コーヒーを飲みながらドーナツを食べた。ロージーはわたしと父のあいだに座っていた。わたしの知るかぎり、フロントシートに三人座れる車に乗っているのは父だけだ。もっとも、三人のうちのひとりはシフトレバーの台座の上に座ることになるのだが。そういえば、わたしも子供のころは、バックシートに座ると姉と喧嘩をするので、いつも前で両親のあいだに座っていた。

「この車は?」と、父に訊いた。

「クラウン・ヴィクトリアだ」と、父が教えてくれた。

「メーカーは?」

「フォードだ」

「どうして朝食を食べるためにここまで来たの? わたしのアパートからここへ来る途中にダンキン・ドーナツは二十軒ほどあったのに」

「おれはここが好きなんだ」

父はシナモン・ドーナッツをちぎってロージーに食べさせた。

「あれは犯行に使われた銃だったよ。犯人はあれで三人殺したんだ」

ロージーはおいしそうにドーナッツを食べた。

「でも、古い事件のじゃないんでしょ？　父さんが捜査をしてた事件のじゃ」

「ああ」

「犯人はパブリック・ガーデンにいたのね。わたしたちがあそこにいたときに」

「ああ」

「じゃあ、名前はわかるわね」

「ああ」

「もちろん、偽名かもしれないけど」

父はまたドーナッツをちぎってロージーに食べさせた。

「だめよ。そんなに食べさせたらブタになっちゃうわ」

父が頷いた。

「名前がわかった人物全員から話を聞くつもりなの？」と、わたしが訊いた。

「ああ。身分証に記載されている住所に住んでるのならな」

「父さんも、身分証は偽物かもしれないと思ってるのね」

「ああ」

「犯人のは本物かもよ」

「なぜだ？」

「犯人は現場の近くに残って捜査の様子を見てたわけでしょ。取り調べられるスリルを味わいたいのかもしれないわ。問題は、誰が犯人か、どうやって突き止めるかよね」

「ある程度まで絞り込むことはできる」

「ＦＢＩのプロファイリング手法を使って？」

「あんなものは信用できん」と、父はいった。「ただし、連続殺人犯の大半が白人男性だというのは当たってる。まずは女性と白人以外の男性を除外して、それから考えよう」

「ほかにも除外できる人がいると思うわ」と、わたしがいった。「高齢者とか、車椅子に乗ってる人とか、目の不自由な人とか」

「となると、残るのは百人ほどだ。なかには、いずれかの事件のアリバイを証明できる者もいるだろう」

「でも、証明できない人もいるだろうし、三週間前のいついつはなにをしていたのかと訊かれても思い出せない人だっているはずよ」

「それでも、まあ、なんとか半分に絞り込むことができれば、五十人になる」

「そのなかの誰かはおおいにあわてふためくことになるわけね」

「そのなかに犯人がいればな」

「それに、犯人が思った以上に無知ならね。いまさら硝煙反応を調べても役に立たないわけだし。手を洗わなくたって、一時間もたてば検出できなくなるんだから」

「衣服からは時間がたっても検出できる」

「洗濯しなければね」

「たぶん洗濯してるだろうな」

わたしたちが話をしているあいだじゅう、ロージーはじっと父を見つめていた。が、もうドーナツはもらえないとわかると、甲高い声で吠えた。

「いまのは〝もっと食べさせろ〟という意味か？」と、父が訊いた。

「ええ」

父はまたひと口食べさせた。

「首を大きく振って、〝おしまい〟といって」

父がそのとおりにしても、ロージーは一分ほど父を見つめていたが、やがてくるくると二回転してから寝そべった。

「こりゃ驚いた」と、父がいった。

「基本的な躾《しつけ》はしてあるから」

父はわたしを見て一瞬考え込んだ。

「それは知らなかった」

11

わたしはすでに化粧を落として、Tシャツとスウェットパンツに着替えていた。靴は脱いで、素足だった。夕食を食べ終えたばかりのロージーは、アイリッシュ・ウイスキーを一本持って訪ねてきたリッチーを見るなり、三回転してアパートの奥へ駆けていった。が、そのままくるりと向きを変えて戻ってくると、ベッドに飛び乗って音の鳴るおもちゃをくわえ、すぐさま飛び下りてリッチーのもとへ駆け寄って、おもちゃを振って見せた。ロージーがリッチーの視線を引きつけているあいだに着替えと化粧ができるだろうか？　いや、無理だ。リッチーはロージーを片手で抱き上げて窓辺へ行くと、椅子に座ってテーブルの上にウイスキーのボトルを置いた。

「いきなり訪ねてくるんだもの」と、わたしがいった。

リッチーが頷いた。わたしはウイスキーのボトルに目をやった。

「飲みさしじゃないみたいね」

ロージーは思う存分リッチーの首のにおいを嗅いで満足したのか、リッチーの膝の上に座って太腿に顔をのせた。

「話がしたくて」と、リッチーがいった。

話なら、奥さんとすればいいのに……。わたしはキッチンへ行ってバケットに氷を入れると、背の低いグラスふたつと一緒にテーブルに運んだ。リッチーがウイスキーを注いでくれたので、向かい合わせに座ってグラスを手に取った。

「レッド・ソックスにでも乾杯する？」

リッチーもグラスを手に取った。リッチーはめったに酒を飲まず、たまに飲んでも、酔っぱらうことはない。

「じつは、店の奥にあるオフィスのファイル・キャビネットの上にきみの写真を置いてるんだ」

「いまのわたしよりきれいな写真だといいけど。来るとわかってたら、ちゃんとした格好をしておいたのに」

「なにも着てないきみを見たこともあるんだから」と、リッチーがいった。

「それはそうだけど」

「きみは、なにを着てても、なにも着てなくても、きれいだよ」

わたしは無言で頷いた。リッチーはいつものように糊のきいた白いシャツを着ていちばん上のボタンをはずし、袖をめくり上げている。ジーンズにも折り目がついていて、ローファーもきれいに磨いてある。彼はロージーのお腹を撫でながら話を続けた。

「結婚してしばらくたったころ、キャサリンがそれに気づいて、わけを知りたいといったんだ。おれは、捨てるのを忘れてたんだといった。すぐに捨てると」

胸を締めつけられているような思いがするのは、おそらく不安のせいだ。リッチーはまたウイスキーをひと口飲んだ。もしかすると不安がやわらぐかもしれないと思って、わたしもひと口飲んだ。

「でも、捨てなかった」と、リッチーがいった。

「じゃあ、まだあるのね」

「ああ」

「で、キャサリンはそれを知ってるの?」

「ああ」

「それで揉めてるの?」

「ああ、もうずいぶん長いあいだ」と、リッチーが打ち明けた。

「さっさと捨てればいいじゃない」

しだいに息苦しくなってくるにつれて、その原因が不安ではなく興奮だとわかった。リッチーはウイスキーを飲みほすと、グラスに氷を追加してウイスキーを注ぎたした。そして、しばらくグラスを見つめてから、またひと口飲んだ。

「捨てられないんだ」

「どうしても?」

「どうしても」

「で、奥さんにそういったの？」

「ああ」

「それはまずかったんじゃない？」

　リッチーが頷いた。ふたりとも黙り込んだ。リッチーの膝の上に座っているロージーは、リッチーがお腹を撫でやすいように体の向きを変えた。

「それが、おれのほんとうの気持ちだから」と、リッチーがいった。

「ほんとうのことをいわないほうがいいときもあるわ」

「ごまかしたって、うまくいかないさ」

　わたしもウイスキーを飲んだ。

「ええ、たしかに」

　リッチーは、ロージーのお腹を撫でていた手を一瞬止めた。が、ふたたび体の向きを変えたロージーが鼻を押しつけて催促したので、黙ったまま頷いて、また手を動かした。

「彼女はなんていったの？」と、わたしが訊いた。

「たんに写真だけの問題じゃないといった」

「わたしもそう思うわ」

「ああ」

「それで、どうなったの？」

「おれはゲストルームで寝てる」

「話はするの?」

「いいや」

わたしはなるべく中立を保とうとした。私情をまじえずに事情をたずねて、リッチーの力になろうとした。けれども、いつのまにか目が潤んできた。

「それはよくないと思わない?」

「ああ」

「でも?」

リッチーが肩をすぼめた。

「でも、おたがいに話はしないんだ」

「捨てればいいじゃないの」と、わたしがいった。「あるいは、引き出しにしまうとか」

リッチーは頷いて、片手でロージーのお腹を撫でながら、もう片方の手でテーブルの上のグラスをゆっくりとまわした。

「けど、そんなことをするつもりはない」

わたしはまたウイスキーを飲んだ。ウイスキーはいくらか気持ちを落ち着かせてくれたが、息苦しさはまだ続いていた。立ち上がり、グラスを手にアパートの入口のほうへ歩いていった。しばらくして戻ってくると、ロージーが目を開けてわたしを逆さに見つめた。

椅子には座らなかった。

「わたしのことを頭のなかから消し去るつもりはないのね」

「そんなことはできない」

「きみも、おれのことが忘れられないんだろ？」

「わたしもよ」

「ええ」

「パラダイスの署長と別れたのはそれでか？」

「それも原因のひとつだわ」

「ほかにも原因があるのか？」

「彼も別れた奥さんに未練があるみたいなの。話したでしょ？」

リッチーは喜びを押し隠した笑みを浮かべてかぶりを振った。「みんな同じ悩みをかかえてるんだ」

12

体内時計がそろそろ寝る時間だと告げたのか、ロージーはとつぜんリッチーの膝から飛び降りてベッドへ行った。テーブルの真ん中に置いてあるブラックブッシュのボトルの中身は四、五センチ減り、窓の外はすっかり夜のとばりに包まれていた。

「どうしてこんなことになったんだ?」と、リッチーが訊いた。

「ひとことでは説明できないわ」と、わたしがいった。「おたがいに問題があったのよね」

「とりあえず、ひとつずつ確認しよう。きみはおれを愛してるのか?」

「ええ」

「おれもきみを愛してる」

「わかってるわ」

「じゃあ、そこから始めよう」と、リッチーが提案した。

「キャサリンのことはどうするの?」と、訊いた。

「おれは彼女を愛そうと努力したんだ」

「そりゃそうでしょうね」

「けど、きみの写真を捨てることはできなかった」

わたしはこくりと頷いた。

「ジュリーにいわせると、愛なんて生理現象のひとつにすぎないんですって」

「ジュリーのことは好きだけど、彼女はなにもわかってないよ」

わたしは笑みを浮かべた。

「たしかに。彼女は大の親友だけど、わたしも彼女のいうことはいつも聞き流してるの」

「じゃあ、なぜ引き合いに出したんだ?」と、リッチーが訊いた。

「大事な話をするのを避けるためかも」と、答えた。

「大事な話をするべきだと思う」

「じゃあ、いうわ。わたしは誰とも結婚できないの」

「それはうすうす気づいてたよ」

「あなたを愛してないからじゃないのよ」

「わかってる」と、リッチーがいった。「結婚してたときは確信がなかったけど、いまはわかってる」

「わたしはまだ、なぜ結婚できないのかさえわからずにいるの。なんとか原因を突き止めようとしてるんだけど、いまわかってるのは、とにかく誰とも結婚できないってことだけで」

「おれと結婚してたときもそうだったんだよな」

「ええ」

「なんだか切ないな」と、リッチーはいった。「あのときのおれたちがいまのおれたちなら、結婚してなかったかもしれないと思うと」

わたしはまた笑みを浮かべた。

「でも、まだ付き合ってたかもしれないわ」

「皮肉だと思わないか？」と、リッチーが訊いた。

「そうね」

わたしもリッチーも、またウイスキーを飲んだ。

「いったいどうすればいいんだ？」

「結婚できないってことをふまえたうえで？」

「ああ」

「できないのなら、しないほうがいいのよ」と、わたしはいった。「わたしは誰とも一緒に暮らせないと思うの」

「それでいい」と、リッチーがいった。

「えっ？」

「一緒に暮らさなくても愛し合うことはできる」

わたしはにこっとほほ笑んだ。

「現に愛し合ってるじゃない」

「まあ、一応」と、リッチーがいった。

「一応？」

リッチーが頷いた。

「なるほど、そういう意味ね」と、わたしも納得した。

リッチーはもう一度頷いた。わたしはウイスキーを飲んだ。

「あなたは結婚してるのよ」

また頷いた。

「わたしは親密な付き合いをしていた人と別れたばかりだけど」

また頷いた。

「どうするのが正しいのかってことはもちろん、どうしたほうがいいのかさえわからないけど、愛人になんかなりたくないってことだけはわかってるわ」

「きみを愛人にしたいなんて思ってないよ」

「キャサリンと結婚してるのにわたしと付き合うっていうのはだめでしょ？」

「わかってる」

「へんね。ふたりとも、飲んでるのに酔っぱらってはいないみたい」

「ああ」

「もしかすると、酔っぱらってるのに酔っぱらってないと思い込んでるだけかも」

「酔っぱらっちゃいないよ」

「で、結局どうすればいいの？」と、わたしが訊いた。

「セックスをして、それから考えるという手もあるんじゃないか？」と、リッチーがいった。

「頭が混乱しているときはだめよ」

リッチーが頷いた。

「きみのいうとおりかもしれない」

「自分たちがなにをしてるのか、ちゃんとわかってるときじゃないと」

「けど、そこから始まるんじゃないのか？」

リッチーはテーブルの上に両手をのせていたので、わたしは自分の手を重ねた。そして、静かに見つめ合った。

「始まりはここよ」

リッチーが頷いた。

「わたしたちは愛し合ってるわ。スタート地点としては悪くないんじゃない？」

「けど、前もそこから始めたんだぞ」

「あのときよりは、ふたりとも賢くなったわ」

「だから、ばかになるのはむずかしいんだ」

「例の野球選手はなんていったんだっけ？」

「ヨギ・ベラか？　〝試合は終わるまで終わっていない〟だ」

わたしはそっと頷いた。リッチーが立ち上がったので、わたしも立って、一緒にドアまで歩いていった。わたしのベッドの枕の下に頭を突っ込んで、足を伸ばして横向きに寝そべっているロージーは、ぴくりとも動かない。わたしとリッチーはドアの前でキスをした。挨拶代わりのキスよりは気持ちがこもっていたが、情熱的と呼べるほどではなかった。

「じゃあ、また」と、リッチーがいった。

わたしが頷くと、リッチーがドアを開けた。

「やっぱり写真は捨てないで」

リッチーはにっこり笑って帰っていった。

13

父とわたしは警察本部の殺人課でフランク・ベルソンと話をした。

「リストに残っているのは三十三人になりました」と、ベルソンが報告した。

「それって、容疑者が三十三人もいるってことですよね」と、わたしが確かめた。

「おそらくその三十三人のうちの誰かが犯人だということだ」と、ベルソンがいい換えた。

ベルソンは上着を脱いで、ネクタイも緩めていた。拳銃は、ホルスターに入れたまま机の上の電話の横に置いてある。

「偽の身分証を持っていた者はいたか?」と、父が訊いた。

「いいえ。すべて確認が取れました」

「前科者は?」

「五人います」と、ベルソンがいった。「ふたりは売買目的での麻薬の不法所持で、ひとりは銃の不法所持、ひとりは警官に対する暴行で……」

「どういう類の?」と、父が訊いた。

「バーで客が喧嘩をしているという通報を受けてパトロール中の警官が駆けつけたら、その男が警官のひとりを殴ったんです」

「ひょっとして、そいつは逮捕後にうっかりどこかへ頭をぶつけたんじゃないか?」と、父が訊いた。

ベルソンがにやりとした。

「たしか、パトカーの屋根に。催涙ガスを浴びせられたんで、よく見えなかったんでしょう」

父が頷いた。

「余罪は?」

「それだけです」と、ベルソンがいった。「ガールフレンドと揉めて、縛りつけたこともあるようですが、翌朝、ガールフレンドが弁護士と一緒に来て連れて帰ってます。七年前から市立病院で雑役係として働いている男で、ほかにはなにもありません」

「で、もうひとりは?」と、父が先をうながした。

「宝石店のショーウィンドー破りです」と、ベルソンが続けた。

「銃を不法所持していた男は?」

「銃は押収して鑑識にまわしましたが、発砲した形跡はありません」

「じゃあ、なんのために銃を持ってたんですか?」と、わたしが訊いた。

ベルソンはまたにやりとした。

「やつの言い分はなかなかしゃれてるんだ。物乞いキラーに襲われた場合に備えて、といんだから」

「よし。前科者の五人についてはだいたいわかったが、あとの二十八人はどうなんだ？」

「全員、ＦＢＩが割り出した犯人像に年齢的にも合致していて、アリバイがないので、勘と希望的推測で……」

「犯人が二十歳から四十五歳のあいだだというのは、あまり信用できん」と、父がいった。

「もしかすると模倣犯かもしれないしな。もちろん、二十歳の若造の犯行だという可能性もあるが」

「模倣犯の線も捨ててはいません」と、ベルソンがいった。「たんに、可能性が高いか低いかの問題で」

「それで、おれたちはなにをすればいい？」

「じつは、三十三人全員を再聴取のために呼ぶことにしたんです。じっくり観察すれば、なにかピンとくることがあるかもしれないと思って」

「おれたちも同席するのか？　それとも、ガラス越しに観察するのか？」と、父が訊いた。

「どちらでも」と、ベルソンがいった。

「ケース・バイ・ケースにしよう」と、父が答えた。

「じゃあ、おまかせします」

「出頭を拒んだ者はいるのか？」

「ええ、三人」

「理由は？」

「任意出頭の場合は拒否する権利があるのを知ってるんです。再聴取するのなら逮捕するしかありません」

「犯人は来るんじゃないかしら」と、わたしがいった。

「現場に舞い戻ってくるのと同じ理由で？」と、ベルソンが訊いた。

「ええ、まあ」

「かもしれない」と、ベルソンが頷いた。

「で、いつから始める？」と、父が訊いた。

「明日の朝九時からです」と、ベルソンが告げた。

14

ブライトンのチャールズ川沿いにとめた車のなかで、父と一緒にサブマリン・サンドウィッチの昼食を食べた。

「このあいだの晩、リッチーに会ったの」と、わたしがいった。

父はサンドウィッチをダッシュボードの上に置いてスチロール製の大きなカップに入ったコーヒーを飲むと、カップをホルダーに戻して紙ナプキンで口を拭いた。

「そうか」

「父さんはリッチーが好き?」と、訊いてみた。

「ああ、好きだった」

「いまは?」

「いまはなんとも思ってない」と、父は答えた。「おまえと結婚してたときは彼も家族の一員だったが、いまはそうじゃないし」

「リッチーのこと、いい人だと思う?」

「おまえがそう思ってるのならな」

「わたしのことは考えないで。わたしとは関係なく、どう思ってる？」

「おれはおまえの父親なんだから、おまえのことを考えるなといわれても無理だ」

「お願い。アドバイスを求めてるの」

父はまたサンドウィッチにかぶりついた。

「リッチーのことでか？」

「ええ」

「べつに悪いところはないと思う」と、父はいった。「おまえと別れたことをべつにすれば」

「また縒《よ》りを戻すことになったらどう思う？」

「縒りを戻したいのか？」と、父が訊いた。

「わからない」

「じゃあ、おれもわからん」

「そんなアドバイスってある？」

「アドバイスなんてできるわけがないじゃないか。誰を愛するかはおまえの自由だ。彼を愛するべきだとか愛しちゃいけないとか、そんなことはいえないだろ？」

父はフロントガラス越しにしばらく川を眺めていた。

「だが、愛してるのなら自分の気持ちに素直になればいい」

「リッチーは再婚したのよ」

「結婚してようが独身だろうが、そんなことは関係ない。愛してるのなら、その気持ちに従って行動すればいいんだ。ほかのことは考えなくていい」父はそういって、にやりと笑った。「もちろん、年老いた父親のことは考えてほしいが」

「母さんに対してもそんなふうに思ってるの？」と、訊いた。

「ああ」

「父さんがそこまでロマンティストだったとは知らなかったわ」

「ときには母さんにうんざりさせられることもあるさ。だが、おれは母さんを愛してるんだ」

「じゃあ、おかしいとは思わないのね。もしリッチーとわたしが縒りを戻しても」

「おかしいかどうかはわからないし、気にもしない」と、父はいった。「愛してるのなら、悔いが残らないようにしろ」

「彼の奥さんはどうなるの？」

「それはおまえが考えることじゃない。彼が女房を愛してるのなら別れないだろうし、おまえのことを愛してるのなら別れるだろう」

「母さんはなんていうと思う？」

「おまえが望んでるようなことはいわないだろうな。母さんも、エリザベスも。あのふたりはおれがなんとかする」

「なんとかできるの？」

父が笑みを浮かべた。

「できなかったときのことを考えておいたほうがいいかもな」

「愛なんて生理現象のひとつにすぎないとジュリーはいうんだけど」

「ジュリーはどうかしてるよ。おまえは、まだドクター・シルヴァマンのところへ行ってるのか？」

「時間があるときは」

「彼女に訊いてみるといい」

「彼女がなんというか、わかってるみたいね」

父は肩をすぼめた。

「彼女に訊け」

「ドクター・シルヴァマンとは親しいの？」

「気になるのなら、それも彼女に訊けばいい。話しておいたほうがいいと思ったら教えてくれるだろう」

「父さんは教えてくれないのね」

「精神科医にかかったことはないが、患者が医者についてあれこれ知っているのはかならずしもいいことじゃないからな」

「たしかに」

わたしも父もサンドウィッチを食べ終えて、なにも浮かんでいない灰色の川面を見つめた。

「わたしがリッチーと縒りを戻したら嬉しい？」と、父に訊いた。

「それでおまえが幸せなら」と、父はいった。

「それほど幸せじゃなかったら？」

「なら、嬉しくない」

わたしは声をあげて笑った。

「父さんって頑固ね」

「だが、人の気持ちはよくわかるんだ」と、父はいった。

15

わたしは父と一緒にミラーガラスの前に立っていた。椅子はあったが、わたしも父も立ったまま何杯もコーヒーを飲んで、刑事が四十歳から六十歳の白人の男たちにあれこれ質問するのを見ていた。弁護士を連れてきた男も何人かいたが、弁護士がついていてもいなくても事情聴取は穏やかに行なわれた。刑事が声を荒らげることはなかった。いい警官と悪い警官を演じることもなかった。脅しもしなかった。

「いくつかたずねたいことがあって……わざわざご足労いただいてすみません……ご協力ありがとうございました」

ベルソンもわたしたちのそばに立って、男たちが返事をためらったり目をそらせたりすることはないか、耳をすまして、かつ、目を凝らしていた。わたしはふと、こっちのいったことをひとことも聞きもらさず、なにひとつ見のがさないドクター・シルヴァマンを思い出した。父もドクター・シルヴァマンと同様に、嘘やごまかしはすべて見抜いてしまう鋭い目をして容疑者を見つめていた。

物乞いキラーはおそらくここへ来た者のなかにいるはずだ。ここへ来た、人当たりのよさそうな中年の白人男性の誰かが、さしたる理由もなく——あるいは、他人には理解できない理由で——大勢の人間の命を奪ったのに違いない。

「二十年前はミネアポリスにお住まいでしたよね……もう覚えてらっしゃらないかもしれませんが、住所はわかりますか……それはミネアポリス市内の住所ですか……それともミネアポリスの郊外ですか……当時はどこかへお勤めだったんですか……その会社の所在地はわかりますか……いえ、かまいません、こっちで調べますから……お時間を割いていただいてありがとうございました」

事情聴取は、そんなふうに延々と続いた。ベルソンも父も、退屈だとは思っていないようだった。けれども、わたしには耐えがたかった。ふたりは慣れているからだと、わたしは勝手に決めつけた。警官としての長年の経験があるからだと。なんの役にも立たない退屈な話を聞くのも警官の大事な仕事だ。辛抱強く話を聞けば、問題点が見えてくる。

「あんたが仕事熱心なのは認めるが……それはもうほかの警官に話したよ……二十年前？　二十時間前にどこにいたのかさえわからないのに……ああ、ほかの警官に話したんだ……銃を撃ったことはこれまで一度もないし……まさか、おれが一連の事件に関わってると思っているわけじゃないだろう？」

もし誰かが興味深い言動を示したのなら、それについて話をして退屈をまぎらすこともできた。けれども、そんな男はひとりもいなかったので、わたしたちはずっとミラーガラスの前に突っ立って、ただただ耳をすまして、目を凝らしていた。コーヒーの飲みすぎで胃がむかむかしたが、昼食が出てくる気配はないし、ほかにはなにもすることがなく、強烈な眠気に襲われたせいもあって、さらにまたコーヒーを飲んだ。

面白くなってきたのは、三時十分過ぎに髪の薄い瘦せた男が取調室に入ってきてからだった。男はわずかに残っている髪を短く刈り、高価なものだとひと目でわかるベージュ色のTシャツと茶色のスラックスという格好で、素足に黄土色のローファーをはいていた。時計はロレックスで、ズボンにはきちんと折り目がついている。身につけているものは、どれも新品のようだ。しかも、その男は入ってくるなり手を差し出して取調官に握手を求めた。

「やあ、ボブ・ジョンソンだ」と、男が名乗った。

取調官は握手をしなかった。

「刑事のベリーノです。ご苦労さまです」

「ファーストネームは?」と、ジョンソンが訊いた。「おれはファーストネームで呼び合うのが好きなんだ」

「アンソニーです」と、ベリーノが教えた。

「元気にやってるか、アンソニー?」と、ジョンソンがなれなれしい口調でたずねた。

父がベルソンを見て、つぎにわたしを見た。ベルソンもわたしを見た。

「ええ」と、ベリーノが答えた。

そして、日付を書いた紙をジョンソンの前へ置いた。

「そこに書いてある日はどこでなにをしていたか教えてもらえませんか、ミスタ・ジョンソン？」

「やめてくれよ、アンソニー」と、ジョンソンがいった。「〝ミスタ・ジョンソン〟と呼ばれるのは年寄り臭くていやなんだ。頼むからボブと呼んでくれ」

「じゃあ、そうします。どこでなにをしていたか教えてもらえますか、ボブ？」

ジョンソンは紙を手に取って眺めた。すでに椅子に座っていた彼は、折り目が崩れないようにズボンをつまみ上げて脚を組んだ。

「ワォ。これは物乞いキラーが事件を起こした日付だろ？」

「どうしてそう思うんですか？」と、ベリーノがたずねた。

「なあ、そうなんだろ、アンソニー？　あんたらは物乞いキラーの捜査のためにおれを呼んだんだろ？」

「そこに書いてある日はどこでなにをしていたか、思い出せますか？」

「そんなの思い出せないよ、トニー。親しい友人はあんたのことをトニーと呼ぶんじゃないのか？」

「トニーと呼んでくれてもかまいません」と、ベリーノがいった。「ほんとうに思い出せないんですか？」

「ああ、悪いんだが」――ジョンソンは肩をすぼめた――「おれはほぼ毎日あちこちに出かけてるから、スケジュール帳を見て確かめないと」

ベリーノはノートを見つめている。

「まだ確かめてないんですか？　このあいだたずねたときも同じことをおっしゃったので、もう確かめてあるんだとばかり思ってたんですが」

「わかってる。腹立たしいだろうな。あんたらは必死になって事件を解決しようとしてるのに、おれたち一般市民は……」ジョンソンはいったん言葉を切ってかぶりを振った。

「確めなきゃいけないのはわかってたんだが……」肩をすぼめて両腕を広げた。

「やつは楽しんでるんだ」と、ベルソンがいった。

父が頷いた。

「それはそうと、捜査は進んでるのか？」と、ジョンソンが訊いた。

「このあいだ、パブリック・ガーデンでなにかいつもと違うことを見聞きしませんでしたか？」と、ベリーノが質問を続けた。

「とつぜん警官が大勢やって来たことだけだ」と、ジョンソンは答えた。「もはやあとの祭りだったようだが」

ベルソンが取調室へ行ってドアを開けた。

「ベリーノ刑事、ちょっと来てくれ」

「すみません」と、ベリーノがジョンソンに声をかけた。

「気にするな、トニー。ゆっくりやってくれ」

ベリーノが廊下に出てくると、ベルソンがドアを閉めた。取調室ではジョンソンがテーブルの上に足をのせて足首を交差させ、頭のうしろで両手を組んで椅子の背にもたれかかった。

「前回もあの男の事情聴取をしたのはおまえか？」と、ベルソンが訊いた。

ベリーノはノートを見た。

「いいえ、エディー・フェリースです」

「あの男は何者だ？」

ベリーノはノートに書いてあることを読みあげた。

「〝ファイナンシャル・プランナー、自営。自宅にオフィスを置く〟と書いてあります。エディーには訪問販売のようなことをしてると話したようです。客の家を訪ねて台所のテーブルに座って、どの株が買いだなどとアドバイスするんですよ」

「資格は持ってるのか？」

「タフト大学で金融学の学位を取っているので、それが資格代わりになってるんでしょう」

「結婚してるのか？　独身か？」

「独身です」

「以前に結婚してたことは？」

「それはわかりません」

「ご苦労だった」と、ベルソンがベリーノにねぎらいの言葉をかけた。「あとはおれたちがやる」

「じゃあ、おれは昼飯を食べてきます。飲まず食わずで、しゃべり詰めだったんで」

「ゆっくりしてきていいぞ」

ベリーノはそのまま姿を消した。

「たしかに、やつはおおいに楽しんでるようだ」と、父がいった。

「わたしが話をしたほうがいいと思うんだけど」と、持ちかけた。

「そう思う理由は？」と、ベルソンが訊いた。

「あの男はそうとうなうぬぼれ屋だからです」と、答えた。「わたしにならもっと自慢すると思うんです」

「あんたが女だからか？」

「ええ。男は誰でも女に自分の力を見せつけようとするでしょ」

ベルソンが父を見た。

「やつだと思います？」

「もしかするとな」と、父はいった。「手紙の雰囲気と似ている気がする」

「それだけじゃ決め手になりませんよ」

「おれも、ぜったいにやつだと思っているわけじゃない」

「人を殺すのは自己主張の一種でしょ」と、わたしがいった。「犯人は、〝こっちを向け。おれを見ろ。おれがなにをしたか見ろ〟と叫んでるんです。もっと自慢するように仕向けますから、見ててください」

取調室のジョンソンは依然として頭のうしろで両手を組んで、くつろいだ様子で椅子の背にもたれかかっている。小さく口笛も吹いているようだ。

「やらせてみよう」と、父がベルソンにいった。「こいつはなかなか頭が切れるんだ」

「噂は聞いてます」

ベルソンは取調室のドアの前へ戻り、〝どうぞお入りください〟といわんばかりにわたしのほうへ手を差し伸べて、ドアを開けた。

16

取調室の壁は灰色がかった緑色で、照明は蛍光灯だった。部屋のなかには天板が白い合成樹脂のテーブルがひとつと、まっすぐな背もたれのついた揃いの椅子が四脚置いてある。なにもかも新しくて、きれいだった。窓はないが、壁のひとつはミラーガラスになっている。わたしが入っていくと、ボブ・ジョンソンはテーブルから足を下ろして立ち上がった。じろじろと見つめているのはわかった。スカートをはいてこなくてよかったと思いながら、ミラーガラスに映った自分の姿にちらっと目をやった。青磁色のTシャツの上に黄色いジャケットを着たわたしは、けっこう素敵に見えた。

「やあ、ボブ・ジョンソンだ」

ジョンソンが手を差し出したが、わたしは握手をしなかった。

「サニー・ランドルです」

「さっきの刑事も握手はしなかったよ」と、ジョンソンがいった。「どうしてなんだ、サニー？」

「警官は体の自由を奪われないようにつねに警戒してるんです」と、はぐらかした。「座りましょう」

たがいに椅子に座ると、ジョンソンがわたしを値踏みした。

「ワォ。まさにレディ・ブルーだな」

わたしがほほ笑むと、ジョンソンもほほ笑み返した。

「いや、レディ・イエローと呼んだほうがいいかもしれない。そのジャケットは本物のレザーか?」

「さあ、あなたの話をしましょう」と、話題を切り換えた。

「ボディチェックするか?」と、ジョンソンがからかった。

「その必要はありません」

「そりゃ残念だ」ジョンソンはそういって、にやりとした。

「もう一度、確認させてください」と、わたしはすぐさま事情聴取を再開した。「事件が起きたときにパブリック・ガーデンにいたのはなぜですか?」

「おれはバックベイのヴァンドームビルに住んでるんだ」と、ジョンソンが答えた。「だから、週に三、四回はパブリック・ガーデンまでコモンウェルス街を走って、ぐるっと一周することにしてるんだよ。若々しい体型を保つために」

「じゃあ、事件が起きたときはパブリック・ガーデンをジョギングしてたんですね」

「いや、事件が起きたあとだ。チャールズ通りを走ってたら警官が大勢パブリック・ガーデンに入っていくのが見えたので、おれもあとを追って公園のなかへ入ったんだ」

「なぜですか？」

ジョンソンはまたにやりとした。

「たしか、〝好奇心は猫をも殺す〟という諺があったよな。おれも、好奇心を抑えてそのままジョギングを続けていれば、いまここで事情聴取を受けてはいないはずだ」

わたしもジョンソンを見てにやりとした。

「自業自得だよ」と、ジョンソンがつぶやいた。

わたしは黙って頷いた。

「しかし、あのまま家に帰ってたらあんたに会うこともなかったわけだ」

「なにか、捜査の役に立ちそうなことを目撃しませんでしたか？」

ジョンソンは頭をうしろに倒しながら首を伸ばして、目を閉じた。わたしは静かに待った。やがて彼は頭を起こして目を開けると、笑みを浮かべてかぶりを振った。

「すまない《ソーリー》、サニー」そういって、また笑みを浮かべた。「いや、サニー、すまない《ソーリー》、のほうが語呂がいいかもしれない。まあ、どっちでも同じかな」

「なにも目にしなかったんですね」

ジョンソンは無意識のうちに自分の胸を撫でた。胸筋が盛り上がっているのを確かめて満足しているようだった。

「ああ」

「しばらく騒ぎを見物してたんですか？」

どこへ話を持っていこうとしているのか、自分でもよくわからなかったが、とにかくジョンソンにしゃべらせたかった。

「ああ。事件絡みの騒ぎは面白いから」と、ジョンソンはいった。

「なぜですか?」と、訊いた。

「映画だってテレビドラマだって、そうだろ? 見ている者の興味をかき立てるのは」——ジョンソンがにやりとした——「男と女と銃だ」

「銃が好きなんですか?」

「銃が好きかってか? おれが? いいや。けど、誰だって捕り物劇には興味があるんじゃないのか? 外野から眺めている分には面白いから」

わたしはなにもいわずに頷いた。

「サニー・ランドルっていうのは、なかなかいい名前だ」と、ジョンソンがいった。

「ありがとうございます」

「サニーはSunnyと綴るのか、それともSonnyか?」

「事件の報道にも関心を持ってました?」

ジョンソンはまたにやりとした。にやりとするのが好きなようだ。

「〝きのうのおれの人生は悲しみに満ちていた〟という歌を知ってるか?」

「ええ」

「ランドルって、ひょっとしてフィル・ランドルと関係があるのか? 初代の物乞い殺人事件の捜査をしていたフィル・ランドルと。二十年前の事件だが、知ってるだろ?」

「なぜそんなことを訊くんですか?」

「好奇心が頭をもたげたんだ。もともと好奇心が旺盛なんだよ」ジョンソンは声をあげて笑った。「おれがもし猫だったら、とうの昔に死んでるだろうな」

「どうしてフィル・ランドルが二十年前の事件の捜査をしていたのを知ってるんですか?」

「新聞を読んでるからな。捕り物劇には興味があるといっただろ? 引退してたのに、あらたな事件の捜査のために復帰すると書いてあったよ」

「あなたは物乞い殺人事件にとくに興味があるんですか?」

「あんたはないのか?」と、ジョンソンが訊き返した。

「あります」

「これはじつに面白い事件だよ、サニー」

「どこがいちばん面白いんですか?」と、探りを入れた。

「あんたと話ができることだ。あんたのルックスは抜群だよ」

わたしは父がミラーガラスの向こうからこっちを見ているのを思い出し、とつぜん部屋に入ってきてジョンソンの首根っ子をつかむのではないかと、一瞬びくっとした。が、そういうことにはならなかったので、照れているふりをした。

「ありがとうございます」

「どういたしまして。ほんとうのことをいっただけだ」

「わたしのことは脇へ置いておいて、物乞い殺人事件がなぜそんなに面白いのか教えてほしいんですが」

「いいだろう」ジョンソンは椅子の背に体を預け、脚を伸ばして腕を組んだ。「なんてったって、犯人に興味をそそられるんだよ。彼は真剣で、自分の思いどおりに黙々と犯行を重ねてるからな。手がかりはひとつも残してないし、パターンもない。動機も不明だ。どこの誰なのか、知っている者はいない。なのに、みんな彼のことを考えてるだろ？」

「女性だという可能性もあるんじゃないかしら」

ジョンソンがかぶりを振った。

「それはない」

「どうしてですか？」

「女には無理だ。犯人は二十年ぶりにまたやりはじめて、一度もしくじることなく、そっと被害者に近づいて撃ち殺してるんだぞ」

ジョンソンは親指と人差し指で銃を撃つ真似をした。

「そんなことができる女はいない」

「犯人を尊敬しているような口ぶりですね」

「誤解してもらっちゃ困るな。彼のしたことは軽蔑してるよ。けしからんことだと思っている。しかし、認めるべき点は認めるべきだと思うんだ。すこぶる手際がいい点は。だから、非常にユニークな男に違いない」

「二十年間、どこにいたんだと思います？」

「犯行を中断していた二十年間のことか？」

「ええ」

　ジョンソンが笑みを浮かべた。

「ほら。彼のすることはユニークすぎて、おれたち凡人には理解できないんだよ」

「いまのところはね」と、わたしがいった。

「捕まえる自信があるのか？」

「ええ」

　ジョンソンはまたにやりとした。

「あんたはたいした女だ」

17

「彼です」と、わたしがいった。

わたしたちはクワークのオフィスにいた。

クワークがベルソンを見た。

「たしかにおかしかったよな」と、ベルソンも認めた。

「フィル？」と、クワークが父に声をかけた。

「あれは演技だ。ときどきそういうやつがいるだろ？」と、父が感想を述べた。「やつは楽しんでたんだ」

「たんに楽しんでただけじゃないわ」と、わたしが補足した。「自分の性器を見せびらかしてたみたいなものよ」

「犯罪に異常なまでの興味を示す人間もいるんだ」と、父がいった。「だからといって、そういう連中の犯行だとはかぎらない」

「彼が犯人よ」と、わたしはいい張った。

「もしかすると、やつは犯罪に異常なまでの興味を示したのではなく、あんたに興味を示して、からかってたのかも」と、ベルソンがいった。

「たしかに」と、一応、相槌を打った。「でも、からかうにしたって、やり方が陰湿で、ゆがんでますよね。いじけた男の子がわたしにオチンチンを見せてるみたいだったわ」

「直感はあてにならないからな」と、クワークがつぶやいた。

「〝女の〟というのを省略してくださっただけでも嬉しいわ」と、皮肉をぶつけた。

「もしそう思ってるのなら口にしてるよ」と、クワークがいった。「もちろん、あんたの勘があたってるってこともある。だが、証拠がなきゃ、仮にやつが警察署長だったとしても辞めさせることはできないし、逮捕や家宅捜索だってできやしない」

「でも、監視することはできる」と、ベルソンがいった。

「じゃあ、そうしよう」と、クワークが応じた。「二十四時間体制で監視して、様子を見よう」

「いくつか証拠がつかめれば、また呼び出して話をすればいい」と、ベルソンも同意した。

「いくら向こうに話をする気があっても、確たる証拠がなきゃ任意で呼び出すことしかできないぞ」と、父が警告した。

「わたしとならいつでも話をするはずよ」と、口をはさんだ。

「やつがその気になればな」

「喜んでやって来るわよ」

「ずいぶん自信があるんだな」と、クワークが茶化した。

「ええ。今回は女性の直感が役に立つような気がするんです。おとなで、しかも、男性経験が豊富な女性の直感じゃなきゃだめだけど」

クワークがにやりとした。

「耳をふさぎたいんじゃないか？」と、父に訊いた。

父はかぶりを振った。

「男に見向きもされない娘を持つよりましだ」

「ありがとう、父さん……男性経験が豊富だと、おかしな男かどうか、わかるようになるのよね。あの男は明らかにおかしいわ。事件にあんなに興味を持つのは、おそらく性的な理由からだと思うの。事件の話をすることによって、性的な興奮を得てるのよ。さっきもいったけど、わたしに性器を見せてるようなものだったんだから」

「テープを聞いてたが、なかなかよくやってたよ、サニー」と、クワークが褒めてくれた。

「もしかすると、あんたの勘は正しいのかもしれないな」

「正しいに決まってるじゃないですか」

クワークが頷いた。

「だが、もしやつが犯人で、やつがゲイではなく、事件に性的な要素が絡んでるとなると、なぜ男性も殺すんだ？」

「それはわかりません」と、わたしはあっさり認めた。「でも、性的な要素が絡んでるのは間違いないと思います」

「とにかく、動機を探る必要がありそうだ」と、クワークがいった。

18

火曜日はいつものようにドクター・シルヴァマンの診療所へ行った。

「きょうは話したいことがいっぱいあって」と、さっそくドクター・シルヴァマンに告げた。

ドクター・シルヴァマンは笑みを浮かべて頷いた。わたしは彼女と会うたびに自分がなんの魅力もない平凡な人間に思えて、自己嫌悪におちいってしまう。ドクター・シルヴァマンはそれほど魅力的なのだ。彼女の髪は黒く、しかも豊かで、大きな目は知性にあふれている。

「一応、ふたつに分類できるんです」と、説明した。「仕事関係と個人的なことに」

ドクター・シルヴァマンがふたたび頷いた。

「でも、どちらから話せばいいのか、わからなくて」

「どちらからでもかまわないわ」と、ドクター・シルヴァマンはいった。

「どちらから話しても、最後には同じところへ行きつくからですか？」

「そうね」

「じつは、このあいだから父の手伝いをしてるんです」と、まずは仕事の話をした。「物乞いキラーの捜査で」

ドクター・シルヴァマンが頷いた。

「一連の事件のことをご存じなんですか？」と、訊いてみた。

「ええ」と、ドクター・シルヴァマンは答えた。

彼女はつねに驚くほど冷静だ。

「わたしの父をご存じなんですよね」と、水を向けた。

ドクター・シルヴァマンはわずかに首を動かした。頷いたようにも見えたし、そうではないようにも見えた。どう解釈するかはわたしの自由だ。

「どうして知り合ったのか、父は教えてくれないんです。あなたに訊けというだけで」

ドクター・シルヴァマンはまた小さく首を動かした。わたしは深呼吸をした。

「どうしてなんですか？」

「共通の知人がいるの」と、ドクター・シルヴァマンがいった。

わたしは続きを待った。が、彼女はなにもいわない。

「それだけ？」

「わたしの話をするためにここへ来たんじゃないはずよ、サニー」

彼女にサニーと呼ばれるのはこれがはじめてだったので、嬉しかった。

「父は二十年前に起きた物乞い殺人事件の捜査を担当してたので、もう退職したんですが、顧問として今回の捜査に加わってるんです。それで、わたしも手伝うことになって」

「じゃあ、同一人物の犯行だと思われているわけね」

「ええ。その話をしてもいいですか？」

「もちろん」

だから、事件の話をした。ボブ・ジョンソンから長時間にわたって事情聴取をしたことも話した。ドクター・シルヴァマンは、いつものように軽く椅子の背にもたれて熱心に耳を傾けてくれた。それほど時間はかからなかった。重要で、かつ、けっこう込み入った話でも、なぜか彼女の診察室でなら感情をまじえずに簡潔に話すことができるのだ。

「それで、あなたはその男が物乞いキラーだと思ってるの？」

「彼に間違いありません」

「でも、それを証明することはできないんでしょ？」

「ええ、現時点では」

「証明できなくてもわかってることとってあるのよね」と、ドクター・シルヴァマンがいった。

「でも、それでは裁判所が認めてくれないので」

ドクター・シルヴァマンが笑みを浮かべた。

「クワーク警部が投げかけた疑問もまだ解けてませんし。まさか、クワーク警部のことはご存じじゃないですよね」

「知ってるわ」と、ドクター・シルヴァマンがいった。

「共通の知人がいるからですか？」

ドクター・シルヴァマンが頷いた。いや、頷いたように見えた。

「クワーク警部はどんな疑問を投げかけたの？」

「事件に性的な要素が絡んでるのなら、犯人はなぜターゲットを女性だけに絞らないのかという疑問です。被害者に性的暴行を加えてないのも疑問といえば疑問なんですが」

「わたしたちは、なんでもこっちの都合に合わせて型にはめようとするのよね」

「クワーク警部もそうだと思ってらっしゃるんですか？」

「それはなんともいえないわ」

「連続殺人犯について教えてもらえませんか？」と、頼んでみた。

ドクター・シルヴァマンはしばらく黙り込んだ。彼女はわたしより年上だが、どうしてそう思うのか説明するのはむずかしい。ただ、美人だというのは間違いなく、体つきも優雅で、しかも引きしまっている。自分を抑えて精神科医になりきっていても女性らしさがにじみ出て、部屋は彼女のオーラに満ちていた。

「連続殺人犯についてはいろいろ論じられているものの、確かなことはなにもわかってないの」と、ドクター・シルヴァマンはいった。「ただ、おそらくあなたも知ってるように、連続殺人犯はほとんど男性なのよね。それに、警察もプロファイラーに頼んだはずだと思うけど、おおよその犯人像を割り出すこともできるの。でも、なぜそんなことをしたのかという肝心なところはなかなかわからないのよ」

「多くの場合、直接的であれ間接的であれ、性的な要素が絡んでいるような気がするんですが」

「人間の行動はすべてそうじゃないかしら」と、ドクター・シルヴァマンがいった。「とにかく、連続殺人犯を捕まえてこれまでの人生を詳しくたどっていったら、その男がどういう人物なのか、ある程度はわかると思うの。ただし、似たような人物を二十人調べたら同じような特徴が出てくるはずよ。でも、その人たちは連続殺人犯にならなかったわけでしょ」

「つまり、連続殺人犯がなぜ連続殺人犯になったのかはわからないってことですか?」

「ええ。わたしは連続殺人犯のことにあまり詳しくないんだけど、前々から特異な心理状態を示していたという事実はないみたいなの」

「三十人を超える女性を殺したテッド・バンディは若いころからいろいろ問題を起こしていたものの、若いころに問題を起こした人がみな連続殺人犯になるわけじゃありませんからね」

「ええ。心理学的な予測があてにならないのはそれでなのよね。同じ刺激を与えても、それぞれみな違う反応を示すから。あとから要因を分析したほうがよほど効果的だと思うわ」

「じゃあ、なにが違うんですか?」と、訊いた。「テッド・バンディはなぜ連続殺人鬼になったんですか？」

「人格的に問題があったんじゃない？」と、ドクター・シルヴァマンがいった。

「そんな専門的なことをいわれても」と、皮肉で返した。

「脳内化学物質のバランスが崩れていたのか、シナプスがうまく機能していなかったのか……よくわからないわ」

「専門家でもわからないんですね」

「物乞いキラーを捕まえたところで、たぶん完全にはわからないはずよ」と、ドクター・シルヴァマンがいった。

わたしは小さく頷いた。

「直感を信用してもいいんでしょうか？」

ドクター・シルヴァマンは吹き出しそうな顔をした。あんまりだ。サニーと呼んで人を喜ばせておきながら、笑うなんて。

「今朝はむずかしい質問ばかりするのね。一般に、直感とは外部からの刺激をそのときどきの感情にもとづいて解釈したものだけど、もちろん、直感も感情もあてにはならないわ」

「とりわけ、心の奥のほうにある感情は」

「そうね」

「直感が感情に左右されるのなら、たしかにあまり役に立たないかも」

ドクター・シルヴァマンはなにもいわない。

「じゃあ、直感も推測も同じようなものなんですね」

「でも、直感に限界があるのを知っているのなら頼ってもいいと思うの。だって、人間の行動のすべてが理性に制御されているわけじゃないんだから」

「わたしの場合はとくにそうです」

ドクター・シルヴァマンは笑みを浮かべて眉を上げ、先をうながすかのように小首をかしげた。

「きょうはまだリッチーのことを話してませんよね」

ドクター・シルヴァマンが頷いた。

「ヨギ・ベラをご存じですか？」と、訊いてみた。

「〝試合は終わるまで終わっていない〟だった？」

笑みを浮かべた。

「ええ、そうです」

ドクター・シルヴァマンは、セラピーを終えるいつもの儀式を始めた。わたしのうしろにある時計に目をやってわずかに背筋を伸ばし、両手の指先を重ね合わせたのだ。

「リッチーの話は次回にまわしましょう」

「次回と、そのつぎと、またそのつぎに」

ドクター・シルヴァマンが立ち上がってドアの手前まで見送ってくれた。

「それに、物乞いキラーの話も」と、わたしがいった。

「ええ。あわてる必要はないわ」

19

容疑者になって喜んでいる人物にアリバイを証明しろといっても、無理な話だ。事件が起きた日のうちのたとえ一日でもボブ・ジョンソンにアリバイがあれば、彼のお楽しみもそこまでだが、アリバイがなければ容疑者のままでいられるからだ。しかも、アリバイがないというだけでは逮捕できないので、ゲームはなおも続くことになる。

物的証拠がないために警察は家宅捜索令状を取ることができずにいたが、わたしは警察の一員ではない。私立探偵だ。だから、好きなことができる……まあ、たいていのことなら。夏の終わりのよく晴れた火曜日の朝に、ゴースト・ギャリティと呼ばれているプロの泥棒を連れてボブ・ジョンソンのコンドミニアムに忍び込もうとしていたのは、それでだった。

ジョンソンが仕事に行ったのは間違いなかった。五分前に姿をあらわした彼は、シアサッカーのスーツを着てブリーフケースを手に、警察の尾行を引きつれて出かけていった。ゴーストとわたしはコンシェルジュ・デスクの前で足を止め、女性のコンシェルジュに名刺を渡した。前の晩にコンピュータでつくったその名刺には、〈ジーニス・セキュリティー・コンサルタンツ〉という会社名と、実際には存在しないボストンのダウンタウンの住所が書いてあった。

「わたしがソーニャ・バークで、彼はアシスタントのミスタ・ギャリティです。保険会社にここのセキュリティーの調査を頼まれたんですが、そんなに詳しく調べる必要はないんです。廊下を歩いて非常口を確認するだけでいいんです」

コンシェルジュは赤毛で、センスのいいグリーンのスーツが髪の色を引き立てている。彼女は、渡した名刺をしばらく眺めてから引き出しにしまった。

「いいですよ、ミズ・バーク。どうぞお調べください」

「最上階から下へと見てまわります」と、コンシェルジュに告げた。「どなたにもご迷惑はおかけしませんから」

コンシェルジュが右手にあるエレベーターを指さしたので、ゴーストと一緒に乗り込んだ。

「やつの部屋は最上階にあるのか？」と、ゴーストが訊いた。

「その一階下なんだけど、さっきの彼女が見てるかもしれないから、とりあえず最上階まで行くわ」

「了解」

ゴーストはぶかぶかの夏用のスーツを着て、古めかしい大振りのブリーフケースを持っていた。頭には黒いヘアピースをつけていたが、ずいぶん古めかしい代物で、白髪まじりの地毛よりかなり色が濃い。

最上階でエレベーターを降りると、建物の中央に設けられた吹き抜けを囲む廊下の端まで歩いていって、階段を下りた。

「何分でなかに入れる？」と、わたしが訊いた。

ゴーストは嘲るような笑みを浮かべてちらっと錠を見るなり、笑いながらブリーフケースを開けた。

「アイスキャンディーの棒があれば、それで開くんだが、そんなものはなくてもいい」

彼はブリーフケースのなかから大きな鍵束を取り出して、合う鍵を探した。わたしは廊下に目をやって、誰もいないのを確かめた。

「開いた」と、ゴーストがいった。「もうおれに用はないな」

「ええ。でも、コンシェルジュにはどういうの？」

「地下のドアから外に出るよ」

「前もって調べておいたの？」

ゴーストはにやりとした。

「以前に盗みに入ったことがあるんだ」

わたしが片手を上げると、ゴーストは音を立てずにわたしの手のひらを叩いて階段へ向かった。できることなら一緒にいてほしかった。もしジョンソンが戻ってきたらと思うと、不安だった。けれども、ゴーストは泥棒で、ボディガードではないので、護衛を頼むわけにはいかない。だから、ひとりでジョンソンの部屋に入った。

細長い部屋で、窓からはコモンウェルス街が見下ろせた。青い壁にはプリントの額絵が何枚も掛けてあり、革張りのアームチェアも太い脚のついたコーヒーテーブルも、家具は男っぽくて重厚だった。キッチン、書斎、寝室、バスルームという間取りで、どこもきれいに片づいていた。ベッドはきちんと整えてあるし、家具にも埃は積もっていない。バスルームもキッチンも、掃除が行き届いている。部屋中を探すとなると時間がかかるので、とりあえず書斎をあたってみることにした。書斎にはソファと机があった。窓辺に置いてある黒っぽいその机はサクラ材を着色したものらしく、彫刻をほどこした脚がついていて、天板には緑色の革のデスクマットがはめ込んである。机の上には、コードレスフォンの子機と、今月のページを開いたスケジュール帳とアドレス帳が置いてあった。スケジュール帳を見て今回の物乞い殺人事件の発生日をチェックしたが、どの日も予定は書き込まれていなかった。すべてはっきりと読み取れたわけではないものの、ほかの日の欄には面会の予定や覚え書きのようなものが書き込んであるのに、事件が起きた日の欄は白いままだった。

ジョンソンがアドレス帳を使っているのはありがたかった。ローロデックスならとてつもなく時間がかかったはずだが、アドレス帳だったおかげで、全ページを写真に撮るのに五分とかからなかった。写真は、デジタルカメラのマクロ機能を使ってクローズアップで撮った。わたしはデジカメも使いこなせるのだ。ジョンソンの部屋は静まり返っていたので、冷蔵庫や時計の音も、エレベーターの唸りも、どこかでドアが開いたり閉まったりする音も廊下の足音も聞こえた。写真を撮り終えるとカメラはハンドバッグにしまったが、そのついでに銃に触れた。ほんの一瞬触れただけでも気持ちが落ち着いた。

その後、部屋のなかを歩きまわってクローゼットや引き出しも調べたが、銃や、物乞いキラーのことを報じる新聞記事の切り抜きや犯行声明らしき手紙はなかった。彼が犯人だとか、疑わしいとか怪しいとか、どこかおかしいなどといったことを示す証拠はひとつもなかった。ただし、全体的にいささか片づきすぎている気はした。寝室の、凝った装飾をほどこしたチェストの上には、若い女性の写真が飾ってあった。卒業写真のようだが、なにも書いていないし、誰の写真なのかはわからない。その写真もデジカメで撮ると、カメラをふたたびバッグにしまってジョンソンの部屋をあとにした。ドアに錠がかかるカチッという音を耳にしながら廊下を歩いて、階段で一階まで下りた。コンシェルジュは、わたしが上から下へと全階を見てまわったと思っているはずだからだ。ロビーを横切りながらコンシェルジュに手を振って、外に出た。そこへボブ・ジョンソンが戻ってきたらたいへんなことになるところだったが、戻ってこなかったので、コモンウェルス街からダートマス通りへ右折して、車をとめておいたコプリー・プレイスまで歩いた。

20

父とわたしは、アパートのキッチン・カウンターに座ってコンピュータの画面を見つめていた。画面にはボブ・ジョンソンのアドレス帳が映し出されている。

「デジカメのなんとかというのをはずしてコンピュータに差し込んだら、これが映し出されたわけだな」と、父が確認した。

「そうよ」

「これをプリントアウトすることはできるのか？」

「もちろん」

さっそくプリントボタンをクリックした。

「こういうことはどこで覚えたんだ？」と、父が訊いた。

「わたしは二十一世紀を生きる女性よ」と、答えた。

プリンターが印刷を開始した。

「なるほど」

父は一枚目のプリントアウトを手に取って、ひとつひとつ名前を見ていった。

「このリストをもとに証拠を集めても、裁判所は認めてくれないぞ」

「このリストをもとに証拠を集めたということがはっきりわかればね」

父が頷いた。

「とにかく証拠を集めて、入手方法は検事に考えさせればいい」

「彼を取り逃がすわけにはいかないわ」と、わたしが宣言した。

「なんとなく怪しいというだけじゃなくて、間違いなくやつのしわざだと確信できれば、取り逃がしはしないさ」

父は、プリンターが吐き出した紙にすべて目を通してかぶりを振った。

「知っている人物はいない」

わたしは、ジョンソンの寝室のチェストの上に飾ってあった女性の写真を見せた。

「この女性は？」

父は一分ほど写真を見つめたあとでかぶりを振った。

「いや、見覚えはない」

「ジョンソンの寝室のチェストの上に飾ってあったのを写真に撮ったの」と、説明した。

「なにか手がかりは？」と、父が訊いた。

「ないの。年は二十一、二じゃないかしら。ヘアスタイルから判断すると、ひと昔前の写真のようだわ。卒業写真だと思うんだけど」

「やつが結婚していたという記録はないんだ」と、父がいった。

「結婚してなくても一緒に暮らしている人は大勢いるわ。それだと、なにも記録は残らないでしょ」

「ああ。世の中も変わったよな」

「タフト大学時代のことは誰かが調べたの？」

「ああ。高校時代のことも、公園にいた人物を調べたときに。高校時代のことはコハシットの警察が調べてくれたんだ。まあまあ成績がよくて、なにも問題は起こしてないらしい。教科外活動はしていなかったようだ」

「クラブ活動やなんかのこと？」

「ああ。高校でも大学でもスポーツはやっていないし、大学時代は友愛会にも入ってない」

「タフト大学には昔から友愛会なんてないわよ」と、教えた。

「だから入ってなかったんだな」と、父がいった。「調べたのは記録が中心だったんだ。やつのことをはっきりと覚えている人物はひとりもいなかったようで」

「二十年以上前のことだもの」

「部屋を調べてどんな印象を受けた？」

「べつにこれといった印象は受けなかったわ」

「まったく？」

「ええ。なかはきれいに片づいていて、おやっと思うようなことはなにもなかったの。冷蔵庫には食料品が入ってたし、バスルームにはシェービングクリームが置いてあって、とくにおかしいところはなかったのよね。でも、それと同時に、個性も感じられなかったの。この写真を除いて、飾ってあったのはすべてアートプリントだし、家具は高価だけどありきたりのもので、カーテンとベッドカバーはお揃いで」

「誰も住んでいないモデルルームのような感じがしたってことか？」

「そうじゃなくて、そこに住んでいるのはなんの特徴もない人物のような気がしたの。個性のない人物のような」

父はわたしのアパートを見まわした。ベッドの上ではロージーが寝ていて、天窓の下にはイーゼルが立ててある。

「住むところにこだわる者もいれば、こだわらない者もいるんだよ。とにかく、このリストを洗おう」

「そうとう時間がかかるはずよ」

「しかし、なにか出てくるかもしれん」

コンピュータの画面に映った女性の写真を、しばらくふたりで静かに見つめた。

「いちばん気になるのは、事件が起きた日のやつのスケジュール帳の欄になんの予定も書き込まれていないことだ」

「ええ、どの日の欄も真っ白だったわ」

「ほかの日の欄にはいろいろ書き込んであるのに」

「たしかに」

「偶然にしては出来すぎてるよな」

「ええ」

またもやふたりとも黙り込んだ。

「ジョンソンの部屋にはどうやって入ったんだ？」しばらくして、父が訊いた。

「リッチーの知り合いを連れてったんだけど、その人が鍵を持ってて」

「どういうことだ？」

「その人はブリーフケースに大きな鍵束を入れてて、そのなかにジョンソンの部屋の鍵もあったの」

「そいつの名前は？」

「ゴーストって名前の紳士よ」

父は一瞬わたしを見つめた。

「ゴースト・ギャリティか？」

「ええ」

「訊くんじゃなかったよ」

21

警官は、わたしが不法な手段で入手したアドレス帳のコピーを手に、ボストン市内と周辺地域へ散った。聞き込みには、ボストン市警および州警の警官だけでなく、FBIの捜査官も、ケンブリッジ、ブルックライン、ミルトン、コハシットなど、ボブ・ジョンソンのアドレス帳に名前が載っていた人物が住んでいる街の警官も加わった。地方検事事務所の検事補も、被害者の身辺調査の際に浮かび上がってきた名前とアドレス帳の名前を照合した。被害者のなかに、ジョンソンのアドレス帳に載っていた人物を知っていた者はいるのだろうか？　被害者の知り合いのなかに、ジョンソンのアドレス帳に載っていた人物を知っている者はいるのだろうか？　FBIの捜査官は、二十年以上前に起きた最初の物乞い殺人事件の被害者の名前がジョンソンのアドレス帳に載っていないかどうか、コンピュータで確認した。連続殺人事件のファイルを読み込んで、似通った手口の事件がないかどうかも調べた。弾道分析の専門家は、同じ銃弾が使われた過去の事件を調べた。FBIのプロファイラーも、さまざまな情報をもとに詳しい犯人像を割り出そうとした。しかし、あらたな情報はほとんどなかったので、プロファイラーは二十年前のデータを再検討した。

法精神科医は関係者全員と話をした。彼らはわたしの直感についてもたずねた。

「世間を騒がす大事件では、やってもいないのに自分がやったと自白する人間が大勢あらわれるのを知ってますか?」と、そのうちのひとりがわたしに訊いた。

瘦せていて、髪もひげもぼさぼさだが、非常に仕事熱心なティルマンという名の医者だった。

「ええ、知ってます」と、答えた。

「もしあなたの直感が正しければ、ミスタ・ジョンソンはあなたに罪を告白したことになりますよね」と、ドクター・ティルマンがいった。

「ええ、まあ」と、相槌を打った。

「しかし、もちろんそれだけで彼が犯人だと決めつけるわけにはいきません。この事件では、ほかにも、もっとはっきりと自白している人物がいますし」

「何人いるんですか?」

ドクター・ティルマンがかぶりを振った。

「数人います」

「あなたは、その人たちも犯人ではないと思ってらっしゃるんですか?」と、訊いてみた。

「凶器まで持ってきた人物もひとりいるんです」

「ほんとうに?」

「ただし、ライターでした。かつてカウボウイが使っていたコルト四五のレプリカだったんです」

「それは捜査を攪乱するためです」と、わたしがいった。「出頭してばかな受け答えをすれば、たんに頭がおかしいだけだということで容疑者リストからはずされるので」

「いや、その男はほんとうに頭がおかしかったんです」と、ドクター・ティルマンが真剣な面持ちでいった。「しかし、頭のおかしい人間はほかにもいました」

「物乞いキラーも普通じゃないですよね」

「それに、あなたのいう直感とやらが間違っている可能性もあります」ドクター・ティルマンは、わたしの声が聞こえなかったかのように先を続けた。「そもそも、直感などというのはあやふやなものですから」

「じゃあ、根拠のある推論と呼んでください。もし、そのほうがよければ」

「その根拠とは？」と、ドクター・ティルマンが訊いた。

「相手の言動とわたしの経験です」

「当然、あなた独自の経験にもとづいて判断したわけですよね」と、ドクター・ティルマンはいった。「それでは客観性がないので、証拠としての価値は低いといわざるを得ません」

　推論は専門家にまかせて、余計な口出しはするなということらしい。

「あなたの推論だってそうなんですから、客観性に欠けるんじゃないですか？」わたしは返事を待たずに席を立った。

22

わたしたちはパブリック・ガーデンの事件現場の近くにあるベンチに座っていた。

「それはドクター・ティルマンに失礼だったんじゃないか」と、父がわたしをたしなめた。

「だって、偉そうな態度を取るんだもの」と、弁解した。

「しかし、彼は優秀なんだ」

「わたしも優秀よ」

「たしかに」父はそういって、一冊のファイルを取り出した。

「あらたにわかったことはないんだが、ジョンソンとこのあいだの被害者に関する資料だ」

パブリック・ガーデンはなにもかも元の状態に戻っていた。スワンボートは池をゆっくりと進み、アヒルがそのあとを追いかけている。アヒルにピーナッツを投げてやっている人もいる。じつにのどかな光景だ。

わたしはざっとファイルに目を通した。父はピーナッツの殻をむいて食べだした。ひとつ目のピーナッツの殻を割るなり、鳩が群れをなして押し寄せてきたことにはまったく気づいていなかった。

パブリック・ガーデンの池で死体となって発見されたのは、ジェラルディン・ロビスキーという名の二十九歳の女性だった。ワシントン通りにある百貨店の〈フィリーンズ〉で宝石売り場のマネージャーをしていた彼女は、発見される前の晩に、パブリック・ガーデンを抜けてニューベリー通りにあるアパートメントに帰ろうとしていたところを襲われたようだ。

父がピーナッツをすすめたが、わたしはかぶりを振って断わった。

ジェラルディンは独身で、ひとりで暮らしていた。学生時代から〈フィリーンズ〉でアルバイトをしていて、卒業後そのまま就職し、職場の同僚の話では、着実にキャリアを積んでいたという。魅力的な女性で、よくデートもしていたが、恋人と呼べるほどの相手はいなかったらしい。彼女のハンドバッグはスワンボートの乗り場で発見されたが、なにも盗られていないようだった。ハンドバッグのなかにはクレジットカードが三枚と、運転免許証、現金三十二ドル、リップグロス、ポケットティッシュ、櫛、それに鍵が何本か入っていた。職場の鍵とアパートの鍵と、アパートの裏にとめてあった二〇〇一年式のホンダ・シビックの鍵が。検死官の報告によると、彼女は健康で、ヴァージンではなく、妊娠してておらず、過去に妊娠したこともなく、性感染症にもかかっていなくて、殺害される前に性的な暴行を受けた形跡もないとのことだ。体内からアルコールは検出されず、夕食もまだ食べていなかった。殺害時に身につけていたのは、下着も含めてすべて〈フィリーンズ〉のもので、靴はニューベリー通りにあるアパートの近くの店で買ったものだった。死因は溺死ではなく銃撃による失血で、池に投げ込まれたときには、すでに死んでいたか瀕死の状態だったようだ。遺体は、ミシガン州のハムトラミックから列車で駆けつけた両親が確認している。

ジェラルディンに関する情報はなんの役にも立たなかった。他の被害者ともあまり共通点はなく、かといって、まったく違うというわけでもない。

ボブ・ジョンソンは四十歳だ。したがって、以前の物乞い殺人事件のときはすでに成人に達していた。生まれたのはボストンで、当時、両親はまだ学生だった。十九歳だった母親は大学を中退したが、二十歳だった父親はそうとう頭がよかったらしく、経営学の博士号を取得してタフト大学の教授になった。やがて経済的に余裕ができると一家はコハシットへ移り住み、母親はそこでブティックを開いた。ジョンソンも少年時代の大半をコハシットで過ごして地元の学校へ通ったが、どの教科も成績はつねにBで、通知表にはいつも、〝非常によく頑張りました〟ではなく、〝よく頑張りました〟と書いてあった。おそらく学費が安かったからだろうが、大学はタフトに進学し、卒業後はボストンで暮らしはじめた。就職した大手の証券会社ではそこそこの成績をあげて、三十歳で独立している。証券会社に勤めていたときも、関係者の記憶に残るような問題は起こしていない。捜査当局の依頼を受けて財務状態を調べた会計士によると、ファイナンシャル・プランナーの仕事も順調なようだ。銀行預金もかなりあって、投資でも儲けているらしい。独身で、結婚歴はない。同性愛者であるという証拠はなく、まわりの人間も彼が同性愛者だとは思っていない。デートはたびたびしているようだが、ひとりの女性と長く付き合ったことはない。コモンウェルス街のコンドミニアムはローンで購入していて、二〇〇三年式のジャガーのセダンはリースだが、ほかに借金はなく、クレジットカードの支払いが滞ったこともない。国税局と揉めたこともない。兵役の経験はない。知り合いは大勢いるが、親友だと認めた者はひとりもいない。その一方で、彼の悪口をいった者もいない。会員制のクラブには入っておらず、ヘルスクラブにも通っていない。警官が調べたかぎりでは、ゴルフも釣りもテニスも、ウェイトリフティングもやっていないようだ。彼がどのように余暇を過ごしているのか知る手がかりはなにもない。ジョンソンは、足の爪にペディキュアを塗るより退屈な人生を送っているようだった。

わたしはファイルから目を上げた。

「もし被害者も人生に退屈してたのなら、ジョンソンが同情して殺したのかもしれないわ」

「たしかにジョンソンは面白みのない男だ」と、父がいった。

「それとも、わたしの勘がはずれてるのかしら」

「さあ、それはなんとも」

「誰か、彼の両親と話をしたの？」

「ふたりとも死んでるんだ」

「そんな。彼は若いときの子供だから、どちらもまだそんなに年をとってるわけじゃないでしょ？」

「父親は早死にして、母親は昨年他界している」

スワンボートがアヒルの群れを従えて、目の前をゆっくりと通りすぎていった。

「よく父さんと一緒にあれに乗ったわよね。覚えてる？」と、父に訊いた。

「ああ」

「わたしは、エリザベスとじゃなくて父さんと一緒に乗るのが好きだったの」

「エリザベスも同じことをいってるよ」

「エリザベスとは昔から父さんを取り合いっこしてたのよ」と、打ち明けた。「もちろん、母さんもまじえて、三人で」

「おれはなかなかいい男だからな」

「父さんの取り合いっこはいまでも続いてるわ」

「おまえがそういうのならそうなんだろう」

「気づいてないの？」

「おまえたちのほうこそ、すでにおれを勝ち取っていることに気づいてないのか？」

「誰かひとりが父さんを勝ち取ったら、あとのふたりは父さんを失うことになるのよ。わかるでしょ？」

父は声をあげて笑って、わたしの肩に腕をのせた。

「そんなことにはならないさ。そんなことになるわけがない」

23

パーク・スクエアの脇の〈ダビオ〉でリッチーと夕食を食べた。〈ダビオ〉は大きな店で、内装も豪華だし、料理もおいしい。おまけに、リッチーがオーナーと知り合いなのでいい席に案内された。とりあえずは、前菜をふたり分とサンジョベーゼをボトルで注文した。

「今日はいちだんときれいだな」と、リッチーが褒めてくれた。

「ありがとう」と、礼をいった。「あなたも素敵よ」

それはたんなる社交辞令ではなく、ふたりともめかし込んでいた。リッチーは、彼のユニフォームともいえるオープンカラーの白いシャツの上に黒いジャケットを着て、シャツの襟と袖口をたっぷりとのぞかせていた。彼の首は太くてたくましい。わたしはシルクに化織のまじったブルーグリーンのタンクトップを着て、裾にブルーグリーンをあしらった黄土色の綿のプリーツスカートをはいていた。肩には自信があるので、ジャケットは脱いでいた。リッチーはスカートが好きなのだ。

「まあな」と、リッチーがつぶやいた。「でも、きみのほうが素敵だ」

「じゃあ、そういうことにしておくわ」

リッチーが笑みを浮かべた。

「ドクター・シルヴァマンにはおれたちのことを話してるのか？」

「例の彼と別れてからは話してないわ」と、わたしがいった。

「でも、そのうち話すんだろ？」

「ええ、もちろん」

「彼女がどういうか、楽しみだ」

わたしはそっと頷いた。

「じゃあ、報告するわ。あなたも誰かに診てもらったら？」

「おれは精神科医を頼りにするような家庭環境で育ってないんだ」

「でも、興味はあるでしょ？」

「おれは親父たちとは違うから」

ふたりともワインを飲んだ。

「もしセラピーを受けたいのなら、ドクター・シルヴァマンに誰か紹介してもらうけど」

リッチーが頷いた。

「いまのところ、そんな気はない。いずれ頼むことになるかもしれないけど」

わたしは思わず笑ってしまった。

「なにがおかしいんだ？」

「フェリックスがセラピーを受けてる場面を想像したの」

「そんなこと、想像するだけでも恐ろしいよ」

「でも、お父さんとフェリックスはあなたを家業に関わらせないようにしてるのよね」

リッチーが頷いた。

「まあな」

「そんなあいまいない方はしないでほしいわ」

リッチーはわたしにほほ笑みかけてかぶりを振った。

「法にそむくようなことはいっさいしてないよ」

「それはわかってる」

「親父とおじ貴はおれを堅気の人間にしようとしたんだ。おじ貴はいわばおれの教育係で、おれに喧嘩のし方や銃の撃ち方を教えてくれたし、いざというときのために組織の運営方法も教えてくれた。そのうえで、おれを大学に行かせたんだ。大学時代はおじ貴に成績を報告しなきゃならなくて」

「その話は聞いたわ」

「親父もおじ貴も他人には厳しいが、家族思いなんだよ」

「そうね。あなたが精神科医のところへ通ってると打ち明けたら、フェリックスはなんていうかしら」

リッチーは、赤ワインの入ったグラスの脚を持ってゆっくりとグラスをまわしながら考えた。

「〝そうしたほうがいいと思うのならそうすりゃいい〟」と、彼はフェリックスの真似をしてしわがれた低い声でいった。「〝けど、医者に解決できない問題が持ち上がったときはおれに相談しろ〟というはずだ」

わたしもリッチーも、前菜を食べてワインを飲んだ。ソムリエが来て声をかけ、ボトルを手に取ってグラスに注ぎたすと、そのままテーブルを離れた。

「家を出たんだ」と、リッチーがいった。

わたしはなにもいわずに頷いた。

「エイヴリ通りのフィリップスクラブに泊まってる」

「キャサリンは大丈夫なの？」

「いいや」

「彼女はどんなふうに受け止めてるのかしら」

「彼女はまだ、自分がどんなふうに受け止めてるのかわかってないはずだ」

わたしはまた頷いた。

「あなたはどんなふうに受け止めてるの？」

リッチーはふたたびグラスをまわしてしばらくワインの表面を眺めていたが、やがて顔を上げてまっすぐわたしの目を見つめた。それも、突き刺すような鋭い視線で。

「すべてを賭けてもいいか？」

鼓動が速まって息が浅くなるのがわかった。喉を絞められたような息苦しさも覚えた。レストランにいるほかの客にはなんの変化もなく、それまでどおりに食事をしたり酒を飲んだり、話をしながら嬉しそうな顔をしたり困ったような顔をしたりしている。けれども、わたしたちのテーブルだけは時間の流れが遅くなって、まわりの世界から孤立していた。リッチーとわたしは時空の違う世界に取り残されたのだ。時の流れの異なる世界に。声が喉につっかえないように、わたしはワインをひと口飲んだ。

そして、「なにに？」と、訊き返した。

「きみにだ」と、リッチーはいった。

「それは危険な賭けだわ。わたしはあなたが思っているような――あるいは、あなたが望んでいるような――人間なのかどうか、わからないから」

「おれを愛してるんだろ？」

「ええ」

「それはわかってるんだな」

「ええ」

「じゃあ、すべてを賭けるよ。前回は諦めるのが早すぎたんだ」

「なんだか怖いわ」

「おれもだ」

24

最初の手紙は、週末をどんなふうに過ごそうかと考えていた土曜日の朝に届いた。デートの予定はなかった。それに、デートをしたいとも思わなかったので、日曜日はロージーに起こされさえしなければ朝寝坊をして、豪華な朝食を食べてからシャワーを浴びて髪を洗って、爪にマニキュアを塗ったりクローゼットを片づけたりするつもりでいた。天窓からほどよい光が射すようになれば絵も描こうと思っていた。

手紙は十一時半ごろに届いた。宛先がブロック体で書いてあるのを見るなり差出人が誰かわかったので、そっと封を開けた。手紙自体もブロック体で書いてあった。白い紙に、ごく普通の黒いフェルトペンで、〝やあ、サニー。ようこそ〟とだけ書いてあった。

わたしは手紙を二度読んでから、ていねいに折りたたんでそっと封筒に戻し、アパートの奥のバスルームの横に置いてある、一度も座ったことのない机の前へ行ってA4のマニラ封筒を取り出すと、そのなかに手紙を封筒ごと入れて小さな留め金をかけた。そのマニラ封筒は、客が来たときに一緒に食事をする窓辺の小さなテーブルの上に置いた。

玄関へ行ってドアがロックしてあるのを確認すると、ベッドサイドテーブルの引き出しから銃を取り出して、ひとりのときはいつもそこで食事をするキッチンのカウンターの上に置いた。カウンターの上には《ヴォーグ》と《ヴァニティ・フェア》の最新号と、読みかけの新聞とほかの郵便物も置いてある。スツールに腰掛けてコーヒーのお代わりを注ぐと、郵便物をカウンターの上に広げ、ダイレクトメールの類は捨てて、請求書はトースターの脇に積み上げた。そして、窓辺のテーブルの上に置いたマニラ封筒に目をやった。

「人をばかにするんじゃないわよ、ボブ・ジョンソン」と、声に出していった。

機嫌が悪いとドッグビスケットをもらえないのではないかと心配したのか、ロージーは耳を立てて恐る恐るわたしを見た。わたしは窓辺へ行って通りを見下ろした。わたしのアパートは、サウス・ボストンのフォート・ポイント水路の近くに建つ倉庫を改造した建物の四階にある。通りの両側にはいつものように車がとめてあるが、土曜日なので、交通量はそれほど多くない。ボブ・ジョンソンの姿はなかった。見慣れない車もとまっていなかった。

物乞い殺人事件の続報を伝える新聞記事には、父親と娘が協力して捜査にあたっていることが書き添えてあった。それも、わたしと父の実名入りで。テレビでも、レポーターが事件のニュースを伝える際に何度かわたしの名前を口にした。だから、わたしが警察でジョンソンの事情聴取を行なった直後に手紙が届いたからといって、彼が犯人だという証拠にはならない。わたしはふたたびキッチンに戻った。

キッチンのカウンターの上に銃が置いてあるのを見ると、気持ちが落ち着いた。犯人に襲われるのではないかという不安はまったく根拠のないものだ。以前の事件の際には犯人が数年にわたって父に手紙を送りつけていたが、父を襲おうとしたことはない。しかし、父は機嫌のいいときのアフリカ水牛のような風貌だが……わたしはそれほど凶暴には見えないし……女性で、しかも若くて……控え目にいってもかなり魅力的だし……事情聴取の際のジョンソンは興奮していて……彼は事情聴取をおおいに楽しんでいた。

「いったいなぜ？」と、ロージーに向かってつぶやいた。

ロージーはドッグビスケットを期待してわたしを見た。わたしはロージーを見下ろしてかぶりを振った。すると、彼女は耳を垂らして顔をそむけ、ベッドのそばまで歩いていって飛び乗って、恨めしそうにわたしをにらみつけながら前足の上に顔をのせた。

わたしはふたたび窓辺に行って……あれは性的な興奮だったのだ……彼は性的な欲求に突き動かされて事件を起こし……しかし、性的な事件ではない……強姦はしていないし、それに……受話器を取って、父に電話をかけた。

25

　ボストンの西のはずれにある小さなレストランで、家族と一緒にブランチを食べた。窓にプリント柄のコットンのカーテンを吊るしたそのレストランを母は素敵だといい、姉のエリザベスは料理がおいしいという。父はなにもいわなかったが、あまり食欲がわかないようだった。わたしはカウンターでスクランブルエッグを所望して、シャワーキャップのような形をしたコットンの帽子をかぶった女性に取り分けてもらった。

「鑑識に例の手紙を調べさせたが、指紋は検出できなかったそうだ」と、父がいった。

「そうだろうと思ってたわ」

　父の皿には山盛りのフルーツとソーセージが一本のっている。父とエリザベスはブラディー・マリーを、わたしはトマトジュースを飲んでいた。母はバーボンのオン・ザ・ロックだ。わたしはそれを見て、母はバーボンのオン・ザ・ロックが特別好きなわけではないのかもしれないと思った。母はほかの酒の注文のし方を知らず、しかも、ほかの酒を試してみるのが怖いのかもしれない。

「卵を残すの、サニー?」と、母がわたしに訊いた。「卵には良質のタンパク質が含まれてるのに、もったいないわ」

「おいしいものは最後に食べる主義なの」と、上手にかわした。

「おまえに手紙を送りつけてくるとは、けしからんやつだ」と、父が呻いた。

「誰のこと？」と、母がたずねた。

「父さんにも手紙を送りつけてきたじゃない」と、わたしは母の質問を無視していった。

「誰が誰に手紙を書いたの？」と、今度はエリザベスが訊いた。

「おれはおまえの親だからな」と、父がいった。

「あなたたちはいったいなんの話をしてるの？」と、母がふたたびたずねた。

「事件の話だ。物乞い殺人事件の」

「事件の話をするのはやめて」と、母が頼み込んだ。「せっかく食事をしに来たんだから、せめて、みんながわかる話をしてくださいよ」

「わかった」と、父は素直に応じた。「サニー、この話はあとにしよう」

「ええ、そのほうがいいわ」と、わたしも素直に従った。「最近はどうしてるの、母さん？」

「いつものことだけど、クリスマスが近づくと、どこも混雑してたいへんでしょ。だから、ゆっくりとクリスマス用品を選べる店を見つけて、昨日、ミリー・ハリソンと行ってきたのよ。前もってリストをつくっておいて、リストの人数分だけクリスマスカードを買って、あとは、ツリーの飾りや、窓を飾る新製品の蠟燭も買ったの。その蠟燭は電池式だから、電気のと違って醜いコードが目につかないし」

「それはいいわね」と、相槌を打った。

父はソーセージにかぶりついた。表情にはなんの変化もなかったが、ソーセージの残りはフォークで皿の隅へ押しやった。ウエイトレスがバーボンのお代わりを持ってきたので、母は嬉しそうだった。

「わざわざ平日を選んで行ったの」と、母がいった。「買い物上手な人なら、土曜日には店が混むのを知ってるから。わたしも、自分は買い物上手だと思いたいし」

「もちろん、おまえは買い物上手だ」と、父がいった。

「じつは、いまブリッジのトーナメント中で、このあいだの木曜日はうちでやったのよ」と、母がふたたびしゃべりだした。「テーブルを四つ並べて。オードブルやデザートも出さなきゃならないから、てんてこまいだったわ。オードブルは冷凍のを出して、小振りのロールパンでつくったホットドッグとミートボールと、あとは、大きなボウルにミックスナッツを入れて出したの。みんな、レストランの料理よりおいしいといってくれて」

「でしょうね」と、わたしはふたたび相槌を打った。

父は、フォークにパイナップルをひと切れ突き刺して食べた。

「わたしはグラディス・グリアと組んで勝ったので、今度の木曜日はポリーの家へ行くことになってるの」

「よかったわね」と、また相槌を打った。

「おまえは強いからな」と、父がいった。

「じつは、話があるの」と、エリザベスが切り出した。

エリザベスとわたしはよく似ているが、体は彼女のほうがひとまわり大きい。本人は大きいほうがいいと思っているようで、いつもぴったりとした服を着て胸を強調している。服のサイズはわたしのほうがひとつ小さいのだが、わたしが姉を羨ましいと思っているかどうかは定かでないし、姉がわたしを羨ましいと思っているかどうかもわからない。もしかすると、たがいに相手を羨ましいと思っているのかもしれない。

「どんな話だ？」と、父が水を向けた。

「結婚しようと思ってるんだけど」

「例のユダヤ人と？」と、母がたずねた。

「彼はユダヤ人じゃないわ、母さん。ドイツ系よ」

「妊娠したの？」と、母が立て続けにたずねた。

「母さん！」

「なにを恥ずかしがってるのよ。妊娠したのなら、さっさと結婚しないと」

「妊娠なんかしてないわ」と、エリザベスはいった。

「指輪はもらったの？」

「まだよ」

「ちゃんともらったほうがいいわ」

「愛し合ってるんだもの、それだけで充分よ」

「経済的な裏打ちがなければ、愛なんてそのうち冷めてしまうんだから」

父がエリザベスにほほ笑みかけた。

「おれも仕事にしがみついといてよかったよ」

「冗談をいうのは勝手だけど、わたしのいうとおりだってことは、あなたもわかってるはずよ、フィル」と、母が父に食ってかかった。

父は腕を伸ばして母の手を軽く叩いた。

「ああ、そうだとも。おまえのいうことはいつだって正しい」

「おめでとう」と、わたしが祝福の言葉をかけた。

エリザベスが頷いた。

「式は秋に挙げようと思ってるの。花嫁の介添え役をつとめてね、サニー」

「楽しみにしてるわ」

「披露宴はここでしたらどうかしら」と、母が提案した。

両親とエリザベスは、その田舎臭い小さなレストランが披露宴を開くのにふさわしいかどうかについて議論を始めた。わたしは残っていたトマトジュースを飲んだが、お酒を飲みたい気分だった。

26

父と一緒にデザイン・センターの近くまでロージーを散歩に連れていった。

「おれはあそこからヴェトナムへ送られたんだ」と、父がいった。

「デザイン・センターから？」

「かつてはあそこに陸軍のサウス・ボストン基地があって、そこで入隊審査を受けたんだ」

「インテリアのショールームになってよかったわね」

ロージーが足を止めて、溝のなかに転がっているビールの空き缶に鼻を近づけた。

「物乞いキラーがおまえに送りつけてきた手紙の話をしよう」と、父がいった。

「そんなに心配する必要はないと思うわ」と、強がった。「彼にとってはお楽しみのひとつなのよ。父さんに手紙を書いて、つぎはわたしでしょ。きっと、薄笑いを浮かべながら書いたんじゃないかしら」

ビールの空き缶は食べられないとわかったのか、ロージーはふたたび歩きだした。

「やつは十人以上殺してるかもしれないんだぞ」

「でも、きちんと調べたわけじゃないんでしょ？」

「ああ、魅力的な女性による詳しい取り調べはまだだ」と、父はいった。「とにかく、おまえが考えてるように、もし事件に性的な要素が絡んでるのなら、おまえが捜査に加わったことで突破口が開けるかもしれん」

「ええ、わたしもそう思うわ」

ロージーがまた足を止めた。歩道のすぐ先にカモメがいたのだ。ロージーはカモメを見つめている。あれは危険な生き物だろうか……食べることはできるのだろうか……危険でも食べたほうがいいほどおいしいのだろうか……と、小さな脳みそをフル回転させている音が聞こえてきそうだ。父が小石を拾って投げると、カモメが飛び立った。ロージーはしばらくカモメを目で追ってから、振り向いて父をにらみつけた。父はロージーに向かって肩をすぼめて見せた。

「おれは元警官だからな」

ロージーが尻尾を振ったので、わたしたちはまた歩きだした。

「降りるつもりはないのか？」と、父が訊いた。

「父さん、わたしはプロよ」

「わかってるよ。だから、おれの考えを押しつけずにたずねてるんじゃないか」

「降りるつもりはないわ。わたしは拳銃を持ってて、撃ち方も知ってるし、以前は警官をしていて、いまは私立探偵よ。危険だからって、家に帰って隠れてたんじゃ仕事にならないでしょ」

父が頷いた。

「おれは母さんを愛してるし、エリザベスのことも愛してる。それに、もちろんおまえのことも愛してる」

「わかってる」

「だが、話ができるのはおまえだけだ。だから、おまえがいなくなると寂しいんだよ」

「気をつけるわ。それに、わたしは優秀なのよ。師匠がよかったから」

父が笑みを浮かべた。

「わかってるのならいい」

デザイン・センターから出てきた男性が、すれ違いざまに足を止めてロージーを見た。男性は携帯電話を手に持っていたが、まだかけてはいなかった。

「雑種ですか？」と、その男性がたずねた。

「いいえ」

「種類は？」

「ミニチュア・イングリッシュ・ブルテリアです」

「イングリッシュ・ブルテリアはこんなにのっぺりした顔をしてます？」

わたしは冷ややかに答えた。

「こういう顔がイングリッシュ・ブルテリアの特徴なんです」

「なるほど」男性はそういうと、携帯電話のボタンを押しながら歩いていった。

「ばかじゃないかしら」と、わたしが毒づいた。

父は面白がっているようだった。わたしたちはデザイン・センターの少し先まで行って引き返した。

「父さんはエリザベスの結婚相手をどう思ってるの？」と、訊いてみた。「わたしはまだ会ってないんだけど」

「エリザベスがいいと思ってるのなら、いい男なんだろう」と、父はいった。

「そりゃそうだけど。でも、もしエリザベスの結婚相手じゃなかったらどう思ってた？」

「典型的なハーヴァードの学者だと思ってただろうな」

わたしはにっこり笑った。

「ねえ、ほんとうはどう思ってるの？」

「学はあるが実経験の乏しい、いわゆる学者ばかだよ、あの男は」

「エリザベスはいつもへんな男に引っかかるのよね」

「彼女は、男がいないとなにかが欠けてるように思ってしまうんだ」

わたしはびっくりして父を見た。

「そのとおりよ。父さんもそういうものの考え方をするのね」

父がわたしにほほ笑みかけた。

「おまえと一緒にいるときだけだ」

27

また女性の死体が発見された。今度はジャマイカ・ポンドの近くでだ。警察はすばやく現場一帯を封鎖したが、ジャマイカ・ポンドの周辺はパブリック・ガーデンより人通りが少ないので、網にかかったのはごくわずかだった。そして、そのなかにボブ・ジョンソンはいなかった。

「立て続けにふたりというのは、なにか意味があるんでしょうか？」と、わたしが訊いた。

「そういうことは以前にもあったんだ」と、クワークがいった。「そのときは男性が三人だったが。だから、たいした意味はないと思う」

「小銭は？」

「いつものように、被害者の頭の脇の芝生の上に三枚」

わたしは、父とフランク・ベルソンと一緒にクワークのオフィスにいた。

「凶器は？」と、父が訊いた。

「三八だ」と、クワークが報告した。「薬莢は落ちてなかった」

「事件発生時にボブ・ジョンソンがどこにいたのか、わかってるんですか？」と、わたしがふたたび訊いた。

「いいや」と、クワークが答えた。

「尾行はつけてなかったんですか?」

「やつはしょっちゅう尾行をまくんだ」と、クワークがいった。「今度の死体が発見された前夜もそうだった」

「尾行は何人いたんだ?」と、父が訊いた。

「ひとりだ」

「それなら、まかれてもしかたない」

クワークが頷いた。

「きちんと見張るには少なくとも四人必要だというのはわかってるんだ。しかし、四人を三交代で張りつけるとなると十二人必要になるが、それだけの人手はないので」

「こんなに大きな事件の捜査をしてるのに?」と、わたしが訊いた。

クワークがかぶりを振った。

「やつが犯人だという証拠はなにもないし」

「ぜったいに彼だわ」と、わたしは断定した。

「あんたはそう確信してるようだが、はっきりしたことはまだわからないからな。ほかの事件の捜査もあるし、シフトごとにひとり割り当てるのが精いっぱいなんだよ。それでよしとしないと。尾行をつけたのは、あんたのいうことを信用したからなんだぞ。ひとりでも、つけないよりましだ」

「やつは尾行されてるのを知ってるんだな」と、父がいった。

「ああ。面白がってるみたいだ。かくれんぼをしているような気分なんだろう」

「それで、あなたたちはときどき彼を見失うんですね」と、わたしがいった。

「ああ、ほぼ毎日」

「かなり頭がいいんだわ」

「ああ。今回の事件の発生時にやつを見失ったのはたしかだが、これまでにも二十回ほど見失ってるんだ。殺人事件が起きてないときにも」

「だから、やつが犯人だと決めつけることはできないわけだ」と、ベルソンがいった。

「しかも、人員はこれ以上まわせないんだな」と、父が確認した。

クワークは何度も頷いた。

「あんたもほんの少し前までここにいたんだから、わかるだろ？」

今度は父が頷いた。

そして、かしこまった口調で先を続けた。「〝すみません、署長。捜査に協力してくれている女性はジョンソンにちがいないと確信してるんです〟とはいえないよな」

「しかし、おれもあんたもジョンソンかもしれないと思ってはいるんだ」と、クワークがジレンマを口にした。

「おれもだ」と、ベルソンがいった。「しかし、おれたちの勘違いということもある」

「それなら、彼はなぜしょっちゅう尾行をまくのかしら」と、わたしが疑問をぶつけた。

「楽しんでるんだ」と、ベルソンがいった。「ここに呼んで事情聴取をしたときも嬉しそうにしてたじゃないか。たしかにやつはいささか頭がおかしくて、容疑者になって喜んでるんだろう。警官ごっこをしているつもりなのかもな。だが、それだけで犯人だと決めつけるわけにはいかないんだよ」

「こういう事件が起きると、自分がやったと名乗り出てくるおかしな連中が大勢あらわれるんだ」と、父がいった。

「彼に間違いないわ」と、わたしはいい張った。

「証拠はなにひとつないんだぞ、サニー」と、クワークがいった。「だから、おれがあんたのいってるとおりだと思ったところで、なにもできない」

「模倣犯の線も捨てきれないしな」と、ベルソンがいった。「もしかすると、犯人はひとりじゃないのかも」

全員がしばらく黙り込んだ。「彼に会います」と、わたしが沈黙を破った。

「だめだ」と、父が止めた。

「このことはすでに話し合って、父さんも納得してくれたじゃないの」と、説得を試みた。

「彼が危険な人物なら、誰にとっても危険なはずよ」

「おれも同席する」と、父がいった。

「だめよ」と、今度はわたしが止めた。「わたしにになら、彼もしゃべるはずだわ。父さんがいたら邪魔なの。もちろん、あなたたちも」

「もし彼女の勘が当たってて、やつが犯人なら、彼女のいうとおりかもしれない」と、クワークがいった。「だから、やつとは彼女がひとりで会うべきだと思うんだが」

「なら、公共の場所でだ」

「わたしだって殺されたくないから、スパイクのところで会うことにするわ」

「スパイク?」と、クワークが訊いた。

「娘の友人で、レストランを経営してるんだ。本人いわく、世界一タフなゲイなんだそうだ」と、父が説明した。

「ほんとうに?」と、クワークが訊いた。

「ああ、おそらく」と、父が答えた。

「それなら、きみに隠しマイクを持たせるという手もある」

「だめです」と、反論した。「向こうも警戒しているはずだから」

「やつの気持ちがやけによくわかるんだな」と、ベルソンが口をはさんだ。

「ええ」

「誘えばのこのことやって来ると思うか?」と、ベルソンが訊いた。

「ええ、ぜったいに」

「けっしてやつとふたりきりになるんじゃないぞ」と、父が釘を刺した。

「わかってるわ」

「やつと一緒にいるあいだは、スパイクに見張らせておくんだぞ」

「了解」

「おまえの性格はよくわかってるのに、手伝ってくれと頼んだのがいけなかったんだ」と、父がぼやいた。

わたしは笑いながら父のとなりに座って、やさしく腕を叩いた。

「後悔、先に立たずよ」

28

仕事を終えたあとでジュリーに会って、彼女がカウンセリングを行なっている小さなオフィスからわずか数ブロックのところにあるチャールズ・ホテルの〈ノワール〉でお酒を飲んだ。ジュリーはシャルドネを、わたしはソーヴィニヨン・ブランをグラスで注文した。

「奥さんがカウンセリングを受けにきてたから、彼のことも以前から知ってはいたの」と、ジュリーがいった。「でも、チェスナットヒル・モールの〈ブルーミーズ〉の前ではじめて会って、奥さんに主人ですといって紹介されたとたん、ビビビッときたのよね。わかる？」

「クライアントのご主人と付き合ってるわけ？」と、確かめた。

「〝心の赴くままに〟というのがわたしのモットーだから」と、ジュリーはいった。「数日後、彼から電話がかかってきて、昼食に誘われたのよ」

「それで、出かけていったのね」

「もちろん。あんなに激しくビビビッときたら、無視するわけにはいかないわ。それに、ご主人がどんな人かわかれば彼女のカウンセリングにも役に立つと思って」

「ご主人と寝たらカウンセリングがうまくいくの?」

ジュリーが笑った。

「いやらしいことをいわないでよ」

「いやらしいのはあなたのほうでしょ」と、いい返した。

「それに、どうしてわたしたちが寝てるってわかるの?」と、ジュリーが訊いた。

「想像力を働かせたの」

ジュリーがまた笑った。

「すべてお見通しなのね」

「ええ。でも、クライアントのご主人を盗むというのは、カウンセリングが行き詰まったときの新しい解決法かも」

「もしかすると、ほんとうに役に立つかもしれないでしょ」と、ジュリーはむきになった。

「たぶん、ばれる恐れはないと思うし」

とりあえず頷いた。ドクター・シルヴァマンなら、ジュリーのカウンセリング手法に疑問を抱くのは確実だ。ジュリーだって、カウンセリングの役に立つと思ってクライアントの夫と付き合っているわけではないはずだ。

「それに……」ジュリーは間をおいてワインを飲んだ。「わたしにとっては理想の相手かもしれないの」

「理想の相手?」

「ええ。彼はとても……すばらしいのよ。彼と愛を交わしていると……ときどき失神しそうになるの……嘘じゃないわ。頭がくらくらしちゃって」

「つまり、愛はたんに生理現象とご都合主義と幻想の産物じゃないってことなのね」と、確認した。

「バラを別の名前で呼んでも美しい香りはそのままなのよ」と、ジュリーはいった。

「あら、そうなの?」

「これこそ本物の愛かもしれないわ」

ジュリーとマイクルとのあいだにも本物の愛があったのに、彼女は気づいていなかったのだ。離婚しても、少しも変わっていない。

「彼は奥さんのことをどんなふうにいってるの?」と、訊いてみた。

「よくできた女性だといってるわ。母親としても申し分ないと。でも、消極的で、そこが物足りないみたい」

「セックスに消極的だってこと?」

「ええ」

消極的だとか積極的だとかいうのはセックスのことしかないと思っていたのか、ジュリーはわたしがわざわざ確かめたことに驚いているようだった。

「で、あなたは消極的じゃないのね」と、再度確かめた。

ジュリーは笑ってまたワインを飲んだ。

「詳しく話したほうがいい?」

「いえ、けっこうよ」

29

スパイクがショー・ビジネス界で成功する夢を捨てきれずに、ほかのふたりと店を共同経営していたときはもう少し洒落た名前だったのだが、なんという名前だったのかは忘れてしまった。〈スパイクの店〉と名前を変えたのは、彼がショー・ビジネスに見切りをつけて——あるいは、ショー・ビジネスが彼に見切りをつけて——共同経営者から権利を買い取ったからだ。レストランというより食事も出すバーといった感じなのだが、スパイクはレストランと呼んでいる。

事前に打ち合わせてあったので、わたしがボブ・ジョンソンと会っているあいだ、スパイクはバー・カウンターの奥に立っていた。わたしはデザイナー・ジーンズに白いTシャツとダークジャケットという、いつもと同じ格好ながらもほんの少しめかし込んで、ショルダーバッグには拳銃を忍ばせていた。ボブ・ジョンソンは、花柄の青いスポーツシャツとパナマ帽という格好であらわれた。

「嬉しいよ、サニー・ランドル」と、ジョンソンがいった。

「わざわざ、すみません」

「いやいや、とんでもない」

「なにか飲みます？」

「もちろん」

スパイクがカウンターから出て、わたしたちのところへ歩いてきた。スパイクの体重は二百六十五ポンドほどだが、体を鍛えているようには見えないし、それほど強そうにも見えない。しかし、外見に惑わされてはいけない。わたしは彼が腕力をふるうのを何度も見て、彼の強さを知っている。彼が怪力で、かつ灰色熊のように獰猛で、しかも敏捷なことを。

「テーブル係が忙しくしてるんで」と、スパイクがいった。「注文は？」

店員にも知らないふりをするように頼んであったのだが、スパイクはジョンソンを間近で見たくてわざわざ注文を取りにきたのだ。ジョンソンはタンカレーのジントニックを、わたしはソーヴィニヨン・ブランをグラスで注文した。

「これは事情聴取の続きか？」スパイクがテーブルを離れるのを待って、ジョンソンが訊いた。「それとも、おれの魅力に屈したのか？」

「むずかしい質問だわ」と、いい返した。「たぶん両方じゃないかしら。警察本部で話をしているうちに、あなたに惹かれていることに気づいたんです」

「これは驚いた」と、ジョンソンがいった。「じつは、おれもそうなんだ」

スパイクが飲み物を持ってきた。

「ごゆっくり」

そういうなりさっさとカウンターの奥に戻って、わたしたちのことになど興味がないふりをした。

「どでかい男だな」と、ジョンソンがいった。

わたしはコメントせずに頷いた。

「あれは脂肪の塊か？　それとも筋肉か？」

今度は肩をすぼめた。

「あの男がバーテンなのか？」

「あの人はここのオーナーじゃないかしら」

ジョンソンが頷いた。

「じゃあ、今日はバーテンが休みなんだ」

ジョンソンがジントニックを飲んだ。

「うまいよ。ここへはよく来るのか？」

「ときどきですけど」と、ごまかした。「わたしのアパートから近いので」

ジョンソンは頷いて店内を見まわすと、テーブルの上に置いてあるボウルのなかのピーナッツを片手でつかんで口に放り込んだ。

「ずいぶん繁盛してるようだな」

ジョンソンに会話の主導権を取らせることに決めていたので、しばらくは世間話で間を持たせるつもりでいた。

「ええ。いつ来ても混んでるんです」

「オーナーと知り合いなのか？」

「いいえ。ここへ来たときに見かけるだけで、知り合いと呼べるほど親しいわけじゃ」

ジョンソンはスパイクを見つめている。気になってしかたがないのだろう。けっこう勘がいいようだ。はじめての場所へ連れていかれた犬が警戒してあたりのにおいを嗅ぐのと同じだ。が、いくつかピーナッツを食べると、ようやくわたしに視線を戻した。

「また事件の話をしたいのか、サニー？」

「ええ」と、答えた。

「じゃあ、まず、犯人はありきたりの犯罪者ではないってことを理解しておく必要があると思うんだ」

「ええ、それはわかってます」と、話を合わせた。

ジョンソンがにやりとした。

「だから困ってるんだろ？」

わたしは無言で頷いた。

ジョンソンは椅子の背にもたれかかって脚を横に投げ出した。白いズボンにサンダルをはいていたので、ペディキュアを塗っているのがわかった。ジョンソンがテーブルの上でグラスをまわしてから持ち上げて飲みほすと、打ち合わせどおり、スパイクがすかさずカウンターの奥から出てきた。

「お代わりを持ってこようか？」

スパイクはカウンターに戻ってジントニックのお代わりをつくった。酔えば、味の違いなどわからないはずだ。

「みんな手こずってるんだろうな」と、ジョンソンがいった。「あんたの親父さんも、ほかの連中も」

「ええ」

スパイクはお代わりを持ってきてジョンソンの前に置くと、ふたたびカウンターに戻った。

「いちばん困っているのは、犯人の動機がわからないうえにパターンすら見えてこないことなんです」

「だからといって、ないわけじゃないだろ？」

「動機が？ それともパターンが？」と、訊き返した。

「両方だよ。まともな人間のしわざなら、かならず動機もパターンもあるはずだ」

「あなたは犯人がまともな人間だと思ってるんですか？」

「もちろんだ」

「物乞いキラーがどうしてまともなんですか？」

ジョンソンが笑みを浮かべた。

「あんたは犯罪がどういうものかまるでわかってないから、犯人は頭がおかしいと決めつけてるんだ。何十人もの若い女性を殺したテッド・バンディは頭がおかしかったか？　八人の看護婦を殺したリチャード・スペックはどうだ？　頭がおかしかったのなら有罪にはならないはずだろ？」

「じゃあ、なぜ見も知らない人をつぎからつぎへと殺すんですか？」

わたしとジョンソンのあいだには性的な緊張感がみなぎっていた。とうてい口にはできないきわどいことをこっそり暗号で話しているようだった。

「あなたはどんなふうに考えてるんですか？」

「そりゃ、いろいろ考えてるよ。あんたはどうなんだ？　私立探偵なんだろ？」

「あなたの考えを教えてほしいんです。鋭い直感をお持ちのようなので」

ジョンソンは、いっこうにしずまる気配のない性的な興奮を香のにおいのように漂わせながら、うっすらと笑みを浮かべた。

「いや、本物の事件は面白いからな。好奇心がこんなに強くなければ、あの日パブリック・ガーデンへ行くこともなかったんだが」

「好奇心を持つのは悪いことじゃないと思いますけど」

「まあな。それに、もしおれに好奇心がなければ、いまここには座ってないはずだ」

ジョンソンはまた片手でごそっとピーナッツをつかんで、さいころのように手のひらの上で転がしてからひと粒食べた。そして、ジントニックをひと口飲んだ。

「おれの考えを聞きたいんだよな」

「ええ」

「犯人は好きでやってるんだとおれは思うんだ」

「見も知らない人を殺すのが好きなんですか？」

「たぶん気分がいいんだろう」

「自分の力を見せつけるのが？」

「おそらく」

ジョンソンからリラックスした感じが消えた。姿勢はそのままだったが、居心地が悪そうに体をこわばらせている。

「ここを出て、おれの家かあんたの家でくつろがないか？」

ジョンソンはそういって笑みを浮かべた。魅力的な笑みだったが、表情はそれまでになく硬かった。

「今夜はだめだわ」と、断わった。「明日、朝が早いので」

「残念だな」

「また今度にしましょう。あなたはとっても魅力的だから……自分でもわかってるでしょうけど」

ジョンソンは表情を緩め、体からも力を抜いて財布を取り出した。

「いえいえ、わたしが呼び出したんですから」

それでも彼は財布から二十ドル札を一枚取り出して、テーブルの上に置いた。

「今度、おごってくれ」

「じゃあ、そうします。話ができて楽しかったわ」

ジョンソンは両手の親指を突き立てて店を出ていった。わたしがテーブルに残って空《から》になったワイングラスを見つめていると、スパイクがそばに来た。

「もう少しお芝居を続けて」と、目を上げずに囁いた。

スパイクはワイングラスと二十ドル札を持ってそそくさとカウンターへ戻った。お代わりを運んできたときも、すぐにテーブルを離れた。ワインを飲みながらしばらく待っていると、ジョンソンが戻ってきた。

「まだいたのか？」

「ええ」

「携帯電話が見当たらないんだが、置き忘れてないか？」

「見なかったけど」といいながら、椅子の上とテーブルの下を探すふりをした。

「家に置いてきたのかもしれない。たぶん寝室のテーブルの上に」

「見つかるといいですね」

「なんだか名残惜しいな」

「また会いましょう」

ジョンソンは頷いて帰っていった。わたしはひとりでワインを飲んだ。

30

ジョンソンが帰って三十分ほどすると、スパイクが新鮮な空気を吸いにおもての入口から外に出て、戻ってくるなりわたしのそばへ来た。

「帰ったようだ。あんたはどうやって来たんだ？」

「歩いてきたんだけど」

「送っていく」

「ひとりで帰れるわ」

「だめだ」

「バッグに拳銃を入れてるの。それに、催涙スプレーも」

「送っていく」

「待ち伏せされてたら、あなたがいたって簡単に撃たれるわ」

「おれのほうが狙いやすいはずだ」と、スパイクがいった。「的《まと》が大きいからな」

「ほんとうに大丈夫だから」

「送っていく」

逃げ帰りでもしないかぎり、スパイクはついてくるはずだ。心配して送るといってくれているのに、断わるのは悪い。

「ありがとう」

紺色のゆったりとしたキューバシャツを着ていたスパイクは、バーへ行ってカウンターの下からなにかを取ると、右の尻ポケットに入れてシャツで隠した。

テーブルに戻ってきたスパイクに、「あなたも銃を持ってくの？」と訊いた。

「当然だろ」と、スパイクは答えた。

スパイクが乗っている黒のエスカレードは店の裏の路地にとめてあったので、ふたりとも、きょろきょろとあたりを見まわしながらそこまで歩いていった。街のど真ん中にある路地だが、時間も遅いし、しんと静まり返っている。撃ってくる者はいなかった。

車に乗り込むと、ドアをロックして大通りに出た。

「わたしを殺す気はないと思うわ。少なくとも、いますぐには。話をするだけでもあんなに嬉しそうだったもの」

「バーから見てたが、あの男はやけに格好をつけてたじゃないか。座ってるのに、気取って歩く雄のクジャクみたいに」

「性的に興奮してたのよ。見ればわかるわ。そういう男を大勢見てきたから」

スパイクがにやりとした。

「おれもだ」

スパイクは、わたしのアパートのすぐそばの交差点の脇に車をとめた。〝交差点付近につき駐停車禁止〟と書いてある標識の横に。

「ここで降ろしてくれたら、それでいいわ」

「だめだ」

「ここに車をとめたら、レッカーで持っていかれちゃうわよ」

「こんな時間にそれはない」

結局、スパイクと一緒に用心しながらアパートの前まで歩いた。

「ありがとう」

「部屋まで行くよ」と、スパイクがいった。「ロージーに会いたいから」

わたしは素直に頷いた。が、スパイクはわたしではなく通りを見ていた。アパートの正面玄関は鍵がかかっていたので、鍵を開けてなかに入ったが、スパイクがぴたりとあとをついてくるので、彼の体のぬくもりが伝わってきた。ボタンを押すと、以前は荷物用だった古めかしい大きなエレベーターが降りてきて、ドアが開いた。誰も乗っていなかった。ふたりでエレベーターに乗り込んで四階まで行くと、わたしの部屋のドアの向こうでロージーがくんくんとにおいを嗅いでいるのがわかった。部屋のドアを開けると、ロージーが駆けてきて飛びついた。わたしが戸口にしゃがみ込んでロージーを撫でているあいだに、スパイクは奥へ歩いていった。出かけるときはいつもそうだが、部屋の明かりはロージーのためにつけっぱなしにしてあった。

わたしとロージーが奥へ行ったときには、スパイクがすでに部屋を調べ終えて、満足げな表情を浮かべていた。

「不審者はいない」

「ひょっとして、また刑事ドラマにはまってるの？」

スパイクはキッチンへ行ってシトロンウォッカのオン・ザ・ロックを二杯つくると、リビングへ持ってきてコーヒーテーブルの上に置き、ズボンのポケットから取り出した拳銃もグラスの脇に置いて、ソファに座った。わたしがとなりに座ると、ロージーがあいだに割り込んできた。スパイクは無意識のうちに手を動かしてロージーを撫でた。

「あんたはあの男が犯人だと確信してるんだな」

「ええ」

「わかった。べつに、それを法廷で証明しなきゃいけないわけじゃないから、おれはあんたの勘を信じるよ」

「ありがとう」

「けど、それなら、あんたは連続殺人犯と戯れてるわけだ」

「あれは捜査の一環なんだけど」と、弁解した。

「となると、やつは遅かれ早かれあんたを殺そうとするはずだ」スパイクは、わたしの弁解など聞こえなかったかのように続けた。

「それはまだわからないわ」

「そりゃそうだが、異なった仮説にもとづいて話を進めるのはまずいだろ？」

「たしかに」

スパイクがコーヒーテーブルの上に置いたのは、九ミリ口径のブローニング・セミオートマティックだった。

「以前は軍仕様のばかでかいコルト四五を持ってたんじゃなかった？」

「いまでも持ってるよ。けど、重いから」

わたしは静かに頷いて、スパイクと一緒にウォッカを飲んだ。

「またあの男に会うつもりか？」と、スパイクが訊いた。

「ええ」

「戯れてれば、そのうち向こうが我慢しきれなくなって白状するとでも思ってるのか？」

「あるいは、正体を暴露するようなことをしでかすかもしれないでしょ」

「あんたを殺そうとするとか？」

「それは避けたいわ」

スパイクがコーヒーテーブルの上に両足をのせた。

「あんたがあいつに殺されたら、親父さんが嘆くぞ」

「それは避けたいといってるでしょ」

「あんたが自分の身を危険にさらしてると知ったら、親父さんが心配するぞ」

「そんなこと、気にしてられないわよ」

「そりゃそうだよな。気にしてないからこそできるんだ。あんたは親父さんのためにこの事件を解決したいと思ってるんだし」

「解決しなきゃいけないから解決したいと思ってるの」と、反論した。

「親父さんにとって、この事件は二十年来の頭痛の種だったんだ。あんたは世界一の娘になるはずだよ。親父さんのために、なんとしてでも事件を解決しようとしてるわけだから」

「わたしは……」

「やつが犯人だと確信してるんだろ？」

「ええ」

「やつを追い詰めて殺人をやめさせたいんだろ」

「ええ」

「それなら、リッチーのおじ貴のフェリックスに会いにいって事情を話して、あとは家で待ってればいいんだ。二、三日もすればボブ・ジョンソンはどこかに埋められて、事件はめでたく解決する」

「そんなことはできないわ」

「なぜ？」

「だって……そんなことをするのはよくないもの」

スパイクがにやりとした。

「それは、あんたがそう思うってことか?」

「わざわざ哲学談義のような話をする必要はないわ。不法だということでいい?」

「法がその威力を発揮するのを待ってるあいだに多くの人間が殺されてるんだ。フェリックスにやつを殺してもらったほうが世の中のためになると思わないか?」

「そんなふうには考えられないわ」

「それだとあんたの親父さんが事件を解決したことにはならず、親父さんもあんたが片をつけたことにすら気づかないかもしれないからだろ?」

わたしはウォッカを飲んだ。

「〝大男、総身に知恵がまわりかね〟っていうけど、意外と頭がいいのね」

「おれはゲイだから」と、スパイクがいった。「ところで、リッチーはこのことを知ってるのか?」

「いいえ、知らないわ」

「最近、会ったか?」

「ええ。また付き合ってるの」

スパイクが眉を上げた。

「リッチーの女房は?」

「家を出たの」

「なのに、おれには黙ってたのか?」

「けっこう急なことだったから。それに、連続殺人事件の捜査で忙しかったし……」

「いまその話をするのは気が進まないんだな」

「ええ」

「わかった。ただし、ひとつだけいっておく。親父さんを喜ばせようとしてあんたが死んじまったらいやだからな。親父さんだって悲しむだろうし。それに、リッチーも、ロージーも」

　わたしは静かに頷いた。

「けど、万が一あんたが死んだら、おれがただちにそのジョンソンって野郎を殺す」と、スパイクはいった。「あんたの親父さんに先を越されなければの話だが」

「そんな。父さんの人生が台無しになるじゃない」

「それを忘れるな」

「あなたはほんとうに彼を殺すつもりなの？」

「たぶんな。もしかするとリッチーに話して、そうすればリッチーが自分で殺すかもしれないし、場合によってはリッチーがフェリックスに頼むかもしれない。とにかく、ジョンソンはすでにあんたを殺す気でいるんだから」

「それは光栄だわ」

「なあ、トニイ・マーカスだって、頼めば始末をつけてくれるんじゃないか？」

「とにかく、殺されないように気をつけるから」

「あんたがこの事件の捜査から手を引くまでボディガードをしたいんだが、させてくれないよな」

「ええ。これは仕事よ。強面の男たちに守ってもらわなきゃいけないようなら、私立探偵なんてやってられないわ」

「強面?」

「ほんとうはみんなやさしいんだけど」

「そうだとも」

「たぶんあなたのいうとおりなんだと思うわ。ジョンソンはおそらくわたしを殺そうとするでしょうね。でも、そうと決まったわけじゃないでしょ。これまでの犯行の動機がわかってないんだから、今後の犯行の動機を推理したって無駄よ。もしかすると、わたしを殺そうとは思ってないかもしれないし。たとえ思ってたとしても、すぐには殺さないはずよ。いまはまだ、わたしを殺す場面を思い浮かべて楽しんでいる段階のはずだから」

「いまごろはもう家に帰って人参をしごいてるよ」

「人参をしごく?」

「つまり、マスをかいてるってことだ」

「あなたって、ほんとうに言葉遣いが上品ね」

31

「リッチーの話をしたいんです」と、自分から切り出した。

ドクター・シルヴァマンは黙って頷いた。興味を示したように見えたが、ほんとうにそうなのかどうかはわからなかった。たぶん、そんなことはないはずだ。彼女のところには一日じゅう患者がやって来て、自分のことを延々と話していく。たいていは退屈な話だろうし、患者の大半は自己弁護に終始して、はじめて訪ねてきた日に彼女が見抜いた問題の本質にはまったく気づいていないので、なんとかそこへ目を向けさせるのが彼女の役目だ。

「話さなければいけないと思うんです」

ドクター・シルヴァマンはわたしの話を聞きたがっているような感じで頷いた。興味がなければ、あんな頷き方はしないはずだ。もしかすると、彼女とわたしには共通点があるのかもしれない。人の心のなかを探るのが好きだという共通点が。

「リッチーは家を出たんです」

ドクター・シルヴァマンが頷いた。

「彼はわたしとやり直したいと思ってるんです」

また頷いた。

「たぶん結婚はできないと彼にいったんですが、それでもかまわないというんです。誰かと一緒に暮らすことはできないとわたしがいっても、かまわないと。彼はわたしのことを愛してるといって、わたしにも彼を愛してるかどうかたずねたんです」

ドクター・シルヴァマンはわずかに首をかしげた。〝先を続けろ〟という合図だ。

「わたしは愛してると答えました」

ドクター・シルヴァマンはまだその先を待っている。

「そこから始めようと彼はいうんです」

「あなたはどう思ってるの？」と、ドクター・シルヴァマンが訊いた。

「それを教えてほしかったんですが」と、答えた。

ドクター・シルヴァマンは笑みを浮かべただけで、なにもいいはしなかった。彼女はなんの悩みもかかえてないのだろうか？　愛やセックスに悩みを抱いたことはないのだろうか？　よくわからない。

「彼はわたしになにも訊かなくて、それが気になるんです」と、打ち明けた。「なぜ結婚できないのか、なぜ誰とも一緒に暮らせないのか、と訊きはしませんでした。〝どうかしてる〟ともいわなかったし」

「あなたは彼とやり直したいと思ってるの？」

「ええ、まあ」

「なにか条件があるの？」

「ええ」

ドクター・シルヴァマンが頷いた。彼女はくつろいだ様子でわたしの話に耳を傾けているように見えた。相変わらず化粧は控え目だが、完璧で、ヘアスプレーで固めているわけでもなさそうなのに髪に乱れはなく、服もぴたりと体にフィットしている。高価なものだというのは見ればわかるが、けっして派手ではなく、精神科医にはおあつらえ向きの服だ。まったく非の打ち所がない。彼女自身もつねにそうだ。たまに胃が痛くなったりすることはないのだろうか？　恐怖に苛まれることはないのだろうか？　つねに、どんなことでもわかっているのだろうか？

「わたしはどこかおかしいんでしょうか？」と、思いきって訊いてみた。

「〝おかしい〟というのが適切な表現かどうかわからないわ」と、ドクター・シルヴァマンはいった。

「でも、わたしのいいたいことはわかるでしょ？」

「ええ」

「わたしはなぜ誰とも一緒に暮らせないんですか？　なぜ誰とも結婚できないんですか？」

「そのことについて考えるときは自分をどんなふうに思うの？」

「器の小さい人間だと思います」

ドクター・シルヴァマンも、わたしのその返事には興味を覚えたようだった。

「もう少し詳しく話して」

「向こうはわたしのことを愛してくれているのに、わたしは……」

ドクター・シルヴァマンは静かに待った。先をせかしはしなかった。自分で答えを見いだすはずだとわかっているからだろう。

「ずいぶん子供っぽいと思うんです。向こうはおとなだけど、わたしはまだ子供だと。ただ、わたしを愛していて、大事にしてくれるのに、わたしがどんな人間で、なにを考えているかってことにはあまり関心がないようで」

ドクター・シルヴァマンは、そんなふうに感じるのはけっして間違いではないといいたげにゆっくりと頷いた。

「それはリッチーのこと？」

「いいえ、これまで付き合ったり一緒に暮らしたりした男性のことです」

「でも、リッチーもそうなんでしょ？」

「リッチーですか？」

「ええ」

「彼がそうでもそうでなくても、それはあまり関係ないんです」

「じゃあ、なんなの？」

「わたし自身がどう感じるかの問題ですから」

「彼のどんな言動に対して？」

ドクター・シルヴァマンは巧みに話を誘導した。おそらくなにかに気づいたのだろう。わたしはリッチーのことをあれこれと考えた。

「彼は自己完結型の人間なんです。だから、人に胸のうちをさらし出すことはなくて」

ドクター・シルヴァマンが頷いた。

「それに、世話を焼く必要もないんです。なんでも自分でできるので」

「じゃあ、彼はなぜあなたを必要としてるの？」と、ドクター・シルヴァマンが訊いた。

わたしはドクター・シルヴァマンを見つめた。質問の意味がよくわからなかった。

「彼がわたしを必要としている理由ですか？」

「ええ」

「愛しているからだと思います」

ドクター・シルヴァマンが頷いた。わたしはしばらく黙り込んだ。ドクター・シルヴァマンも黙り込んだ。どこからか、かすかにエアコンの唸りが聞こえてきた。

「彼の言動について訊かれたのに、わたしは彼の性格の話をしましたよね」

ドクター・シルヴァマンは笑みを浮かべて頷いた。

「彼がなにかをしたからというわけじゃないんです」

ドクター・シルヴァマンは何度も頷いた……もちろん、笑みを浮かべて。彼女はいつもわたしの気持ちをわかってくれる。たとえ、わたしが自分自身の気持ちをわかっていないときでも。彼女が判断を誤ったことはないのだろうか？　迷ったり思い違いをしたことはないのだろうか？

「彼のせいじゃないんです。わたしのせいです」

「そうね」と、ドクター・シルヴァマンがいった。

「それに気がついたのは一歩前進ですか？」

ドクター・シルヴァマンはまた頷いた……ごく小さくだったが。

「わたしは、ここへ来て先生と話をしているうちに、人を変えることはできないと気づいたんです。でも、自分は変えられるんですよね」

「変えたいと思えばね」

「いまのところはまだ、自分を変えたいのかどうかわからないんです」

「焦らなくてもいいわ」と、ドクター・シルヴァマンはいった。「いずれまたその話をしましょう」

32

タフト大学は地元の名門校だ。バスケットボールチームは全米選手権のトーナメントに、フットボールチームは選抜戦に出場していて、キャンパスは町と呼んでもいいほど広い。創立当初は、ジョージ王朝風の赤煉瓦の校舎がぽつりぽつりと建つ、緑の多いのどかな大学だったが、第二次大戦後は復員兵援護法によって奨学金を得た元兵士が押し寄せて、卒業後も町にとどまったために、大学も、大学のあるウォルフォードの町もしだいに大きくなっていった。そして、六十年後のいま、町は小さな市になって、大学の敷地には校舎が林立している。なかには十八世紀からずっとそこに建っているような古めかしい校舎もある一方で、職業訓練校の生徒が設計したような稚拙なデザインの校舎もある。緑は大幅に減った。

よく晴れた水曜日の朝、わたしはボストンから十五マイルのタフト大学へ行って、真新しい図書館の脇の、〝職員専用〟と書かれた駐車スペースに車をとめた。外から見ると、図書館は陸に引き上げられた航空母艦のようだった。だが、有能な司書のおかげで一九一一年から現在までの卒業アルバムを見つけ出すことができたので、閲覧席に座り、ボブ・

ジョンソンの寝室に飾ってあった写真を脇に置いてイヤーブックを開いた。ジョンソンが四十歳で、ごく普通に高校から大学へと進んだのであれば、十九年前に大学を卒業したことになる。だから、まずは十九年前のイヤーブックを見た。どうやら勘が当たったようで、彼は同級生と一緒に写真に収まっていた。写真の彼は髪の毛がふさふさしているが、それ以外はいまの姿とそんなに違わない。

ジョンソンはイヤーブック編集委員で、ほかに、ソーシャル・コミティーとかいう委員会とチェスクラブと国際関係研究会に所属していたようだが、どれも、履歴書の空欄を埋めるための名ばかりのサークルかもしれない。その年の卒業生はそれぞれ自分の顔写真の横に意味のない――わたしにはそう思える――短い言葉を書き添えていて、彼は、〝……最後の偉人……その血はおれにも流れている……さらば、ばかどもよ〟と書いていた。

わたしは、イヤーブックを詳しく見た。ジョンソンが金融学の学士号を取った大学での四年間の生活が凝縮されているイヤーブックを詳しく見た。チェスクラブのメンバーの写真もあったが、ジョンソンは写っていなかった。ソーシャル・コミティーの写真にも国際関係研究会の写真にも、ジョンソンの姿はなかった。写真に写っている人物を全員識別できたわけではないが、イヤーブックの最初のページから最後のページまで見ても、ジョンソンの写真はたった一枚だけだった。教員を紹介するページには、ジョンソンの父親で経営学部の教授だったロバート・B・ジョンソン三世の写真が載っていた。感じのいい、けっこうハンサムな人物で、ジョンソンは父親似のようだ。

引き続きジョンソンの姿を探して過去三年間のイヤーブックにも目を通したが、彼の写真はどこにもなかった。キャプションのついていないスナップショットを寄せ集めたページのどこかに載っているものの、髪の感じが違うのでわたしが気づいていないだけなのかもしれないが、ひょっとすると彼は当時から謎の男になる準備をしていたのではないかという気さえした。

見終わると、背筋を伸ばして軽く反り返りながらあたりに目をやった。図書館には男子学生も女子学生もいて、熱心に勉強している学生もいるにはいるが、ほとんどの学生にとって、図書館は社交の場だ。女子学生の多くはTシャツとジーンズというラフな格好で、じつはわたしもそうだった。それほど年が離れているようには見えないので、たぶんわたしも学生だと思われているはずだ。

ジョンソンが卒業した年のイヤーブックをもう一度開いて、例の女性を探すことにした。大学時代の友人だと思う特別な理由はないが、そうではないと決めつける理由もない。ジョンソンの写真を探したときに一緒に探せば時間の節約になったのだが、集中しているときはひとつのことにしか注意を向けられない。

わたしが持っている写真の彼女は二十代のようなので、イヤーブックに載っている写真とさして変わらないはずだ。もちろん、彼女が大学に、それもタフト大学に進んで、ジョンソンと同じ時期にキャンパスライフを過ごしたのであればの話だが。イヤーブックを四冊とも隅から隅まで見るのは時間がかかり、退屈で、かなりの忍耐力を要した。しかも、収穫はなかった。彼女の写真はどこにもなかった。

わたしはしばらくそのまま座っていた。さっさと図書館を出てヘルスクラブへ行けば、パワーヨガのクラスに間に合うはずだ。それから家に帰ってワインを一杯飲んで、鶏肉と全粒粉のパスタとブロッコリーの簡単な夕食をつくるのも悪くない。わたしにとって、ブロッコリーはポパイのほうれん草と同じで……もしかすると、彼女はタフト大学に在籍していたものの、ジョンソンよりいくつか年下なのかもしれない。それなら、まだ目を通していないイヤーブックに写真が載っている可能性もある。逆に、ジョンソンよりいくつか年上で、ジョンソンが入学したときにはいたものの、その後、退学したのかもしれない。

ゆっくりと深呼吸をして立ち上がると、イヤーブックをさらに数冊取ってきた。

図書館でアルバイトをしている女子学生がそばを通りかかった。

「お探しのものが見つかりましたか、マダム？」

「いいえ、まだ」と、返事をした。

マダム？

「イヤーブックを何冊も見てらっしゃるんですね。ここの卒業生ですか？」

やはり、学生には見えないようだ。わたしがかぶりを振ると、女子学生はそのまま歩いていった。あらたに取ってきたイヤーブックは、ジョンソンの写真が載っているイヤーブックのまわりに置いて、卒業生の写真だけでなくすべての写真を見た。サークルの仲間どうしで撮った写真や、スナップショットや、女子フィールドホッケーチームの写真も見た。

そして、四時十五分前に彼女を見つけた。彼女とおぼしき女子学生を。

33

「ヴィクトリア・ラソーって名前なの」と、父に話した。「タフト大学でジョンソンの二年後輩だったみたいよ」

わたしたちは、魚市場の埠頭にある〈ノーネーム〉で昼食を食べていた。

「イヤーブックにはペンシルヴェニア州アードモアの出身だと書いてあったんだけど、いまはアードモアにラソーという名字の人は住んでいなくて」

「同窓会の事務局に問い合わせれば現住所がわかるんじゃないか?」と、父がいった。

「わたしが訊いても教えてくれないわよ」

「じゃあ、おれが訊く」

「ついでにイヤーブックも手に入れて」と、父に頼んだ。「ボブ・ジョンソンを知っている人物を探し出せるかもしれないから」

父は頷いて、こぼさないように気をつけながらフィッシュ・チャウダーをそっと口に運んだ。それを見て、わたしは思わず笑みを浮かべた。父は大きな体をしているのに、意外と神経質なのだ。

「どこに住んでいるかわかったら、わたしが会いに行って話をするわ」

「女どうしで話をするのか？」

「女の子どうしでよ」

「同窓会の事務局は彼女の現住所を把握してるだろうか？」

「CIAより頼りになるんじゃないかしら。わたしの大学の同窓会事務局は、引っ越してもちゃんと把握してるわよ」

「不思議なことに、借金取りだってどこまでも追いかけてくるしな」

「そうね」

「その女性に会ってなにをたずねるつもりだ？」と、父が訊いた。

「わからない」と、答えた。「でも、わたしたちの知るかぎり一度も結婚してなくて、女性とまともに付き合ったことのない男が寝室のチェストの上に女性の写真を飾ってたのよ」

「おまえは、やつがその女性と付き合ってたと思ってるのか？」

「それはなんともいえないわ。付き合ってたのかもしれないし、いまでも付き合ってるのかもしれないいし。それに、付き合ってはいないけど、彼は付き合いたいと思ってたのかも」

「なるほど」

「父親のことはなにかわかった？」

「若死にしてるということだけだ」

「いつ死んだの？」

「急にいわれても思い出せないが、資料を見ればわかる」

「死因は？」

「たしか心不全だった」

「心不全というのは心臓の機能が衰えるってことだから、死ぬときは誰だって心不全を起こすんじゃないの？」

「おそらく心筋梗塞のことだと思うが、どうして父親の死因に興味があるんだ？」

「わからないからよ。どんなことでも、わからないよりわかってたほうがいいでしょ」

父が笑みを浮かべた。

「そのとおりだ。じゃあ、わかったことはすべて知らせるよ」

「現場の近くにいた人たちを調べて、なにかわかったことはある？」と、父に訊いた。

「いや、まだなにも。しかし、おれたちが疑ってることにやつが感づいてるようなら、これ以上調べるのはやめたほうがいいかもしれない」

「誰かが彼にしゃべるかもしれないから？」

「ああ」

「かまわないわ。彼はとうの昔に感づいてるもの」

「それに、仕事に支障が出るかもしれないじゃないか。たまたまそのうちの誰かがやつのクライアントで、資産運用をまかせているファイナンシャル・プランナーのことを警察があれこれ調べてると知れば」

「彼が犯人なら、どうってことないわ」と、わたしがいった。

「でも、もしやつじゃなかったら……」

わたしはレストランの二階の窓から港に目をやった。なにもいいはしなかったが、ジョンソンが犯人だというのはわかっていた。

34

女性がまたひとり殺されて、チャールズ川の岸に建つハッチシェルの近くで遺体が発見された。その女性はタンクトップにショーツ、ピンクの紐のついたランニングシューズという格好でうつぶせに横たわっていて、背中に硬貨が三枚置かれていた。

「身長は五フィート七インチほどあります」と、鑑識課員がメモを読みあげた。「解剖の際にもう一度きちんと計りますが。体重は百二十五ポンド前後です。いや、ひょっとすると百三十か三十五ポンドぐらいかも」

「目はブルーで、髪はブロンドだな」と、父が先をせかした。

「髪の色はわからないんです、警部」と、鑑識課員がいった。「ラボへ運んでからよく見ます」

「顔色はだんだん悪くなるだろうが、色白で、髪はブロンドのはずだ」と、父がいった。

「たぶん」と、鑑識課員が相槌を打った。

「サニー、向こうで話をしよう」と、父がうながした。

わたしは頷いて、他の警察車両と一緒にとめてあった父の車まで歩いていって、乗り込んだ。父はエンジンをかけ、エアコンをつけてわたしのほうを向いた。

「なにか気づいたことはあるか？」

「立て続けに三人ね」

「ほかには？」

「年齢も体重も、髪や肌の色もわたしに似てるわ」

父が頷いた。

「そのことから、すでになにか結論を導き出したのか？」

「もしかするとわたしと関係があるのかもしれないし、あるいは、なにも関係ないのかもしれないわ」

「五分五分だな」

「ええ」

「おれは賭け事が嫌いなんだ」

「わたしもあまり好きじゃないわ」

「手を引くつもりはないみたいだな」と、父が確かめた。

「しばらく、うちに来ればいいじゃないか」と、父がいった。「おれたちがやつを逮捕するまで、身を隠していれば」

「彼はわたしの名前を知ってるのよ。それに、どこに住んでるのかも」

「彼を逮捕するにはわたしを利用するしかないのよ」

「それなら逮捕できなくてもかまわない」と、父はいった。

「で、わたしはこの先ずっと父さんや母さんと一緒に暮らすわけ？」

背後のストロー・ドライブは両方向とも車が渋滞していた。西向き車線は警察車両がとまっているので一車線しか使えないし、東向き車線を走る車のドライバーは、反対側にずらりと並んだ警察車両を見て、いったいなにごとだとスピードを落とすからだ。頭上からは、渋滞状況を調べるヘリコプターの唸りが聞こえてくる。

「無理だよな、おまえには」と、父がいった。

「ええ」

すぐそばでは警官が川岸にいる人たちを呼び集めているが、ほんの少ししか集まっていない。パブリック・ガーデンは出入口を閉鎖することができたが、川岸の公園はどこまでもはてしなく続いている。

「おまえたちが小さいころの話だが、おれと母さんは、子供をひとりで外に出してもいいか、ひとりで通りを渡らせてもいいか、学校まで自転車で行かせてもいいかといったようなことでよく議論したものだ」と、父が遠い昔の話を始めた。「おれは、〝いつかは危険に立ち向かわなきゃならないときが来るんだから。いずれは独り立ちしなきゃならないんだから〞といつもいってたんだが、母さんは、〝まだだめ、まだだめ〞と繰り返すばかりで。だが、ついにそのときが来ておまえは巣立っていった」

「しかも、なんとか生き延びてきたのよね」

「いや、よくやってるよ」と、父が褒めてくれた。

「ありがとう」

気がつくと、父はゆっくりとかぶりを振っていた。

「おれがおまえを巻き込んだんだ」

「父さんが声をかけてくれて、すごく嬉しかったのよ」

「しかし、危険な目にはあわせたくないと思っても、おまえにいまやっていることをこのまま続けさせて、なんとか危害がおよばないように祈るしかないんだ」

「父さんもジョンソンが犯人だと思ってるのね。そうなんでしょ？」

「ああ」と、父が認めた。「クワークもベルソンもそう思ってるよ。だが、いかんせん、証拠がない。だから、盗聴の許可や捜索令状も取れないし、尻尾をつかむために二十四時間体制で見張ろうと思っても人員をまわしてもらえないんだ。まったく、手も足も出せない状況だ」

「彼がわたしに危害を加えることは、まだ当分ないと思うの」と、父を安心させた。「スパイクにもこのあいだ同じことをいったんだけど、わたしはジョンソンを極度に興奮させてしまったみたいなのよ。わたしに会って大喜びしてるのに、殺すわけないでしょ」

「それで、代わりにおまえに似た女性を殺すのか？」と、父が訊いた。

「かもしれないわ。でも、たんなる偶然かも。彼は男性も殺してるわけだし」

「もしかすると、男性の被害者も誰かに似てたのかもしれん」と、父はいった。

「ファイルを見たけど、被害者どうしはまったく似てなかったわ」

「それはわかってる」と、父がいった。「しかし、とにかく心配なんだ。捜査もたいして進んでないしな。やつはまた電話をかけてくると思うか？」

「ええ、必ず」

「やつはおまえとセックスしたがると思うか？」

「本人はすでにわたしとセックスしてる気分なんだと思うわ」

「実際に迫ってくると思うか？」

「さあ、どうかしら」

「ひとつだけ約束してくれ」

「彼とふたりきりにはならないようにするわ」と、誓った。

「それなら体を求めてくることはないだろう」

「そう願いたいわね」

「だが、ますます興奮するかもしれん」

「ええ。このこと、母さんは知ってるの？」

「いいや。おまえが捜査を手伝ってくれていることは知ってるが」

「それ以上はいわないでね」

「わかってる。いわないよ」

父は目をそらしてフロントガラス越しに川を眺めた。場所によっては泳げるぐらいきれいになったところもあるらしい。けれども、さっそく飛び込んで泳ぐ気にはなれなかった。

「しばらく一緒にいたほうがいいかもしれん」と、父がいった。「おれはソファで寝るから」

「わたしはもう子供じゃないのよ」

「わかってる。いったとたんに後悔したよ」

35

リッチーとわたしは、アーリントン通りにある古いほうのリッツ・カールトンのバーで窓際の席に座っていた。アヴェリイ通りに新しいリッツ・カールトンができたのでまぎらわしいが、もう間違えることはなくなった。

わたしは白のグラスワインを、リッチーはビールを飲んでいた。わたしはにこやかな笑みを浮かべた。ふたりとも、飲みすぎないように気をつけていた。リッチーはわたしが笑みを浮かべたことにも、その意味にも気づいた。

「デリケートな話をするときに酔っぱらってちゃまずいからな」と、リッチーがいった。

「自重するのはいいことよ」

「そのうち自重しなくてもいいようになるかもしれない」

「あるいは、ずっと自重しつづけることになるかも」

「ああ、そうなるかもしれないが、それならそれでかまわないよ」

「あなたに自重をうながすような女にはなりたくないわ」

「自分を変える必要はないさ」と、リッチーはいった。「おれも自分を変えるつもりはない。けど、おれたちはばかじゃないから、一緒になれる方法を見いだすことができるはずだ。ドクター・シルヴァマンはなんといってる?」

「彼女と話をしてると、別れたのはわたしが悪かったからだと思えてくるの」

「彼女がそういったのか?」

「いいえ。でも、彼女と話をしてると、そう思ってしまって」

「そんなふうに決めつける必要はないんじゃないか?」

「おたがいにおたがいをもっと理解し合わないといけない気がするの」

「それは、おれもわかってる」

「これまで以上におたがいを理解し合わないといけないはずよ」

「もう充分理解し合ってるよ」

「でも、それよりもっと」

笑みを交わして、わたしはワインを、リッチーはビールを飲んだ。

「今朝、親父さんが電話をかけてきたんだ」と、リッチーがいった。

「父さんがあなたに?」

「ああ。縒りを戻すのなら大賛成だといってたよ」

「父さんは知ってるの」と、打ち明けた。「このあいだ話したから」

「その気があるのなら、いまがいちばんいい時期じゃないかともいってた」

「なぜ?」

「物乞いキラーのことがあるからだ」

「ったく」

　リッチーがほほ笑んだ。

「その気はないといっておいたよ」

「ほんとうにそういったの？」

「おれにはあっても、きみにはないと。それに、縒りが戻っても一緒に住むことにはならないだろうし、たとえ一緒に住むことになっても、きみを守るためじゃないと」

「父さんにそういったの？」

「ああ」

「で、父さんはなんていってた？」

　リッチーはにっこり笑った。

「たぶんそれでいいんだろうといってくれたよ。きみはタフだし、頭もいいから、ひとりで対処できるはずだと。なのに、おれたちが干渉したら自分の力に気づく機会を奪うことになるだろ？」

「父さんがそういったの？」

「いや。親父さんは、縒りを戻す気があるのなら、きみに知られないように助けてやってほしいといったんだ。父親として、娘のことが心配だと」

「まあ、そりゃそうよね」

「おれも心配してる」と、リッチーがいった。

「心配してなかったらがっかりだわ」と、いい返した。

「でも、わかってくれるでしょ。投げ出すわけにはいかないのよ」

「ああ」

わたしはテーブルに身を乗り出してリッチーの両手を握りしめた。

「あなたなしでも生きていくことができなかったら、あなたと一緒に生きていくこともできないと思うの」

「ああ」

「ほんとうにわかってくれてるの？」

「おれも同じように考えるかどうかはべつにして、きみがそう思ってるのはわかってる」

「以前はわたしの気持ちをちっともわかってくれてなかったのに」

「ああ」

「なぜいまはわかるの？」

「きみがそういったからだ」

「そりゃそうよね！」

「いまのはおれにいったのか？」と、リッチーが訊いた。

わたしはリッチーにほほ笑みかけた。

「ううん。自分にいい聞かせたの」

「なるほど」

「自分がなにを求めてるのか、わたし自身もわからないのに、あなたにわかるわけがないと気づいたのよ」

「そのとおりだ」と、リッチーがいった。

36

ハーバー・ホテルのパティオでボブ・ジョンソンと酒を飲むことになった。それほど暑くはなく、海からそよ風が吹いてくる心地よい夕方で、わたしはウォッカトニックを注文した。

「おお、それはいいな」と、ジョンソンがウエイトレスに向かっていった。「おれも同じのにする」

ウエイトレスはすぐにテーブルを離れた。わたしたちはふたりだけで座っていたが、パティオには仕事帰りに酒を飲みに来た客が大勢いた。大半は身なりのいい若い客で、テーブルはほぼ埋まっていた。

「また会えて嬉しいよ、サニー・ランドル」と、ジョンソンがいった。

「わたしもです」と、調子を合わせた。

「物乞いキラーがまたひとり殺したようだな」

「ええ」

「まだ捜査を手伝ってるのか？」

ウエイトレスがウォッカトニックを持ってきた。

「父が引き続きコンサルタント役を引き受けてるので、わたしもまだ手伝ってるんです」

「なるほど。フィルは元気か？」

「父の名前をご存じなんですね」

「もちろん」

「どうしてですか？」

訊かなくてもわかっていた。前回、その話をしたからだ。けれども、もう一度たずねた。

「新聞に書いてあったから」と、ジョンソンは答えた。「パブリック・ガーデンで足止めされて住所と名前を訊かれて以来、事件に興味を持つようになったんだ。それに、あんたにも会ったし」

前回の話とは少し違っていたが、だからといって彼が犯人だという証拠にはならない。

「父は元気です」

「よかった。それはよかった」

ジョンソンはそういってウォッカトニックを飲んだ。

「ウォッカトニックを飲むのは久しぶりだが、こんなにおいしかったんだ」

「ええ、おいしいですよね」

「また事件が起きたんで、フィルもやる気をなくしてるだろうな」

「さあ、それはどうだか。父は長いあいだ警官をしてましたから。たぶん、犯人を逮捕するまで追いつづけるはずです」

「もし逮捕できなかったら？」と、ジョンソンが訊いた。

「それはそれでしかたないと思います」

「犯人を逮捕できなかったこともあるんだろ？」

楽団がパティオの隅で〝グリーン・ドルフィン・ストリート〟を奏ではじめた。ピアノとギターとドラムの三重奏だ。

「もちろん」と、答えた。「警官なら誰だってそういう経験をしているはずです。未解決の事件はたくさんありますから」

「警官より犯人のほうが頭がいいからか？」と、ボブが訊いた。

「たいていは、犯人のほうがつきに恵まれているというだけのことだと思います」

「けど、警官より頭のいい犯人もいるわけだ」

「あるいは、どちらのほうが鈍くないかという程度かも」

「警官は鈍いが、犯人はそれほど鈍くないってことか？」

「天才的な犯罪者なんてそんなにいないと思うんです」と、わたしがいった。「一部の犯罪者は他の犯罪者ほどばかじゃないというだけだわ」

「しかし、なかには頭のいいやつもいるはずだ」

「たぶん。頭がよくて、誰もその存在を知らない犯罪者も」

「存在を示すのは、そいつが起こした事件だけだという場合も」

「ほんとうに頭のいい犯罪者は、事件を起こしたことすら知られないようにするんじゃないですか？」

「知られたくない場合はな」

ジョンソンはウエイトレスに目配せしてお代わりを頼んだ。ウエイトレスがわたしを見たが、わたしはかぶりを振った。

「もっとも厄介なのは、頭のおかしい人が犯人の場合です。頭のおかしい人は、常識では理解できないようなことをするので」

「まともな人間が、自分がどんな事件を起こしたか世間の人に知ってほしいと思うこともあるはずだ」

「なぜですか？」と、たずねた。「なぜ知ってほしいんですか？」

「表現方法のひとつなんじゃないか？」

「なにを表現するんですか？」

ウエイトレスがウォッカトニックのお代わりを持ってくると、ジョンソンはさっそくひと口飲んだ。

「自分が誰で、どういう人間なのか、わかってほしいんだよ」

「じゃあ、物乞いキラーはなにを表現しようとしてるんですか？」

「いや」ジョンソンはうろたえた様子を見せて、またウォッカトニックをすすった。「おれは一般的な話をしてるんだ。個々の事件のことはわからない」

いささか焦りすぎたようだ。

「そりゃそうですよね。警官の悪い癖なんです。警官は一般的な話ができなくて」

ジョンソンは音楽に合わせてかすかに頭を動かしている。

「ああ、たしかに」

ジョンソンの頬骨のあたりがほんのり赤らんで、呼吸もわずかに速くなったようだった。彼はまたジントニックをひと口飲んでからテーブルにグラスを置くと、音楽に合わせて頭を動かすだけでなく、指先でテーブルの端を叩きはじめた。

「いい曲だよな。なんというタイトルだったっけ？　忘れてしまった」

「〝ハウ・ハイ・ザ・ムーン〟です」と、教えた。

「そうそう、〝ハウ・ハイ・ザ・ムーン〟。ジャズの古典だ」

ジョンソンはウォッカトニックを飲みほした。わたしのグラスにはまだ半分ほど残っている。彼がちらっと腕時計に目をやった。

「おやおや、もうこんな時間だ。おれはこれで失礼するよ。今夜はひとつアポが入ってるんだ。ぐずぐずしてると遅れてしまう」

「じゃあ。今日はわたしが払います」

「いや、悪いな。今度はおれがおごるよ」

「嬉しいわ。また会えるってことですよね」

ジョンソンは、立ち上がりかけたのを途中でやめてわたしを見つめた。

「本気でいってるのか?」

「もちろん」と、答えた。

「あなたと話をするのは楽しいから」

「たしかに」ジョンソンがようやく立ち上がり、わたしにほほ笑みかけて繰り返した。

「たしかに」

一瞬、肩を叩くのかと思ったが、彼はそのまま背を向けて立ち去った。

「やっぱりおかしいわ」と、わたしは思わずつぶやいた。

けれども、小さな声だったので、ほかの人には聞こえなかった。

37

ジュリーは、チャールズタウンの海軍工廠跡地に建てられたコンドミニアムを買っていた。キッチンはなかなかモダンで、広い居間には暖炉とピクチャーウィンドーがあって、わずか十五メートル先を船が通っていく。わたしはジュリーと一緒にキッチンに立って、あまり好きではないシャルドネの栓を開けていた。ジュリーは大量のラザニアをオーブンに入れようとしているところだった。

「これはノース・エンドの店で買ってきたの」と、ジュリーが白状した。「でも、自家製だということにするつもりだから、ばらさないでね」

「わかった」と、返事をした。

「サラダはわたしがつくったのよ」

「偉いわ」

「テーブルはあんな感じでいい？」

「ええ」

「来てくれてありがとう、サニー」と、ジュリーが礼をいった。「いやいやだというのはわかってるんだけど」

「あなたの友だちに会うのも悪くないわ」

「ジョージって名前なの」

「彼の友だちは?」

「ジミーよ。ミルウォーキーからとつぜん訪ねてきたんですって。三人だとジミーが居心地の悪い思いをするんじゃないかとジョージがいうから。それで、あなたを呼ぼうと思いついたの。きっと楽しいはずよ。昔はよくダブルデートをしたわね」

「こっちには途中で一緒にパーティーを抜け出すつもりはさらさらないってことをジミーがわかってるのなら、そこそこ楽しいかも」

わたしは栓を開けたシャルドネをアイスバケットに入れて、ピノ・ノワールのボトルを手に取った。

「お酒はこのぐらいでいい?」と、ジュリーが訊いた。

彼女は、バーボン、スコッチ、ウォッカ、ベルモット、トニックウォーター、クラブソーダ、それにミネラルウォーターを用意していた。ライムとレモンのスライスもガラスの皿に入れて置いてある。

「ええ」

「ラム酒やジンや、カナディアンクラブが飲みたいといわれたらどうすればいい?」

「ここはカクテルラウンジじゃないのよ。好みは人それぞれだから、全員を満足させるのは無理よ」

「わかってるわ。なにもかもうまくいくようにしておきたいだけ」

「これだけあれば、どんな人でもなにか好きなものを見つけて飲むわよ」

「ビールは冷蔵庫に入ってるの。男の人はビールが好きでしょ」

わたしが頷くと、玄関のベルが鳴った。

「まあ、時間どおりね」

ジュリーはエプロンをはずしてキッチンの椅子の背に掛けた。そのまま急いで玄関へ向かったが、ふと玄関ホールの鏡の前で足を止めて髪の乱れを直した。わたしは、場違いなところへ来てしまったような思いを抱きながら彼女の数歩うしろに立っていた。

ふたたびベルが鳴るのと同時にジュリーがドアを開けた。

「いらっしゃい」

ジュリーは、むずかしい単語を口にするかのようにゆっくりと挨拶した。彼女の声はわたしと話していたときより落ち着いていた。

「ハーイ。ジミー・ハーツフィールドだ」と、ジョージが友人を紹介した。

そして、わたしを見た。

「きみが、かの有名なサニー・ランドルだな」

わたしは、「ええ」といって手を差し出した。

「ジミー、サニーだ」と、ジョージがわたしを友人に紹介した。

わたしはジミーと握手を交わした。彼はベージュ色の麻のスラックスに茶色い麻のシャツといういでたちで、服の趣味はけっこうよかった。かなりの長身で、ほっそりとしていて、肌は陽に焼けて浅黒く、ふさふさとした黒い髪は高級理髪店でカットしているようだった。

「会えて嬉しいよ」と、ジミーがわたしにいった。

わたしたちはジュリーのあとについて居間へ行った。ジョージはジュリーの体に腕をまわしていた。いささかごたごたしながらも、全員がジュリーに指定された場所に座ると、それぞれが所望した飲み物が出てきた。オードブルは各自で皿に取り分けた。窓の向こうでは、船が一艘、静かにイースト・ボストンのほうへ向かっていく。

「いい眺めだと思わないか？」と、ジョージが訊いた。

ジョージはジミーより一インチか二インチ背が低く、かつてはウェイトトレーニングに励んでいたような体つきをしていた。けれども、いまは脂肪がついて、体が丸みを帯びている。上等なコロンを使っているらしく、控え目ないいにおいがした。眼鏡は縁なしで、髪はこめかみのあたりだけわざわざグレーに染めている。ジョージが眺めを褒めてもジミーは窓のほうを見なかった。じっとわたしを見ていた。

「おれはこっちの眺めのほうがいい」と、ジミーがいった。

わたしは作り笑いを浮かべた。

ああ、いやだ。そのへんにごろごろいる、ばかな男のひとりだ。

全員に飲み物とオードブルが行きわたると、ジュリーはジョージと並んでソファに座った。ジミーとわたしは、ソファの反対側に置いてある揃いの肘掛け椅子に座っていた。わたしは右脚の脇にハンドバッグを置いてワインを飲んだ。ジュリーとジョージは肩を寄せ合って座っている。話をしながらオードブルを食べているあいだじゅう、ジュリーはジョージの脚を撫でていた。いまにも目の前でセックスを始めそうなカップルの紹介でブラインドデートをしても、ぜんぜん楽しくない。

「クライアントは、〝もし契約するのなら、ほかの人間にではなくかならずきみに頼むよ、ジミー……〟というんだよな」

ジュリーはジョージの肩に頭をのせて、せっせと脚を撫でている。

「そのクライアントから契約を取りつけることができるのは、ほかの誰でもない、おまえだけだよ」と、ジョージがジミーにいった。

ジミーが席を立った。

「わかってくれて嬉しいよ」

ジミーはキッチンへ行ってバーボンの水割りをつくると、たずねもしないでわたしのためにグラスに白ワインを注いだ。そしてそれを持って戻ってきて、目の前のコーヒーテーブルの上に置いた。まだ半分以上残っている一杯目のグラスの横に。

「無理に飲ませようとしているわけじゃないからな、サニー。でも、酒が入ればいい感じになるんだ」

ジミーはそういって豪快に笑った。ジョージも大きな声で笑ってジュリーを抱き寄せた。

「たしかに。そうだろ?」と、ジョージがジュリーに訊いた。

「あなたと一緒なら、さらにいい感じになるわ」と、ジュリーが甘ったるい声で囁いた。

「そして、そのうちもっともっとよくなる」と、ジョージがいった。

ジョージはジミーとわたしを見てウインクした。ジュリーはくすくすと笑っている。見ていられない!

わたしは、膝をきちんと閉じて座っていなければいけないような気分になった。わたしの座っている位置からは暖炉の上の時計が見える。カクテルを飲みはじめてすでに一時間が過ぎ、ジュリーはかなり酔っていた。ジョージとジミーはそれほどでもないが、声はそうとう大きくなっている。

ジミーがジョークを披露しているのが聞こえてきた。

「……で、その男が〝おれもあんなことをしたいよ〟とガールフレンドにいうと、ガールフレンドは、〝すればいいじゃない。あれはあなたの家の雌牛なんだから〟といったんだとさ」

ジミーが自分のジョークに大きな声で笑うと、ジョージもげらげらと笑った。ジュリーはくすくすと笑った。わたしも笑みを浮かべた。そのジョークをはじめて聞いたのは子供のころで、そのときは意味がわからなかったのだが。

「〝すればいいじゃない。あれはあなたの家の雌牛なんだから〟とはな」ジョージはジョークを繰り返して、またげらげらと笑った。

笑いはなかなかやみそうにない。大きな窓の向こうを、煌々と明かりをともした湾内遊覧船が通りすぎていくのが見えた。客はデッキに出てウォーターフロントの夜景を眺めている。

「ジミーは面白いやつだろ、サニー」

「ええ、そうね」と、一応、相槌を打った。

ほかには、スポーツやお金や、ジミーの仕事やジョージの仕事や、ふたりの共通の知り合いの女性の話が出た。みんなは楽しそうだった。ラザニアはもう二時間以上オーブンに入れっぱなしになっているので、あまり期待できそうにない。お腹をすかせているのはどうやらわたしだけのようだったので、しかたなくピーナッツをつまんだ。

「ヘイ、サニー」と、ジミーがわたしに声をかけた。「お代わりを持ってきてやるよ。きみだけ、やけにペースが遅いじゃないか」

わたしはようやく二杯目のワインに口をつけたばかりだった。

「ありがとう。でも、まだいいわ」

それでもジミーはキッチンへ行き、背の高いハイボールグラスに白ワインを注いで持ってきた。

「これで遅れを取り戻せる」

わたしは返事をする代わりに、にっこり笑った。ソファの上ではジュリーとジョージがいちゃついている。なるべく見ないようにしたが、ジミーはしばらく見つめていた。

「女にとっちゃなんの役にも立たないものはなにか知ってるか、サニー？」と、ジミーが訊いた。

「アイルランド人の男でしょ」と、答えた。

「そう、アイルランド人の男だ。そうだよな、ジョージ？」

ジミーがちらっとわたしを見た。

「ジョージはアイルランド系なんだ」

わたしはうんざりしながら頷いた。ジュリーとジョージはまだいちゃついている。

ジミーがわたしにウインクした。

「おれもあんなことがしたいよ」

「すればいいじゃない。彼はあなたの友人なんだから」と、切り返した。

ジミーは面くらったような顔をした。ジョージはジュリーのスカートの下に手を入れて、その手をジュリーが押しのけた。

「ジョージ、ここじゃだめよ」

ジョージは手を引っ込めてソファの背にもたれかかった。

「けっこう面白いかもしれないぞ」

「えっ？」と、ジュリーが訊き返した。

「みんなで楽しむんだ」と、ジョージがいった。「おれがなんの話をしてるかわかるよな、ジミー」

「ああ。4Pだろ？　久しぶりだ」

「どういうこと？」と、ジュリーが叫ぶようにいった。

「つまり、まずジョージがあなたと、ジミーがわたしとセックスして、そのあと、あなたはジミーと、わたしはジョージとするってことよ」と、教えた。

ジュリーはまっすぐ座り直してわたしを見つめた。

「ジョージとも、ジミーとも？」と、もう一度訊き返した。

「きみたちはどう思う？」と、ジミーがわたしとジュリーに訊いた。

「あなたとジョージにとってはいい話よね」と、わたしがジミーにいった。「でも、わたしとジュリーにはなにかメリットがある？」

「どういうことだ？」と、今度はジミーが訊き返した。

「彼女はおれたちをばかにしてるんだよ」と、ジョージが解説した。

「あなたたちはわたしたちふたりとやりたいってこと？」と、ジュリーが確かめた。

「ああ。できればふたりを同じベッドに寝かせて」

ジュリーはジョージからわずかに体を引き離した。

「そんなことできないわ、ジョージ」

「できるさ」と、ジョージがいった。

「むずかしく考える必要はない」と、ジミーも加勢した。

「ジョージ、やめて、お願い」と、ジュリーが懇願した。

「なにを恥ずかしがってるんだ」

ジョージはそういうなり、立ち上がってジュリーの手を引っぱった。

「そこまでよ」と、わたしがいった。

ジョージが振り向いてわたしを見た。

「なんだって？」

「今夜はもうこれでおしまいってこと。ふたりとも帰って」

「おれたちを叩き出すつもりか？」

「ええ」

「いやな女だ」

「ええ、そうよ」

「ジュリー？」ジョージがジュリーを見た。

ジュリーはすでに泣きだしていた。

「帰って、ジョージ」と、ジュリーが涙声で頼み込んだ。

「いやだ」と、ジョージが呻いた。

「人をこけにしやがって」と、ジミーが喚いた。

「この際、ねじ伏せてでもやるべきだ」と、ジョージがいった。「そのほうが面白いかもな」

わたしはハンドバッグを持って立ち上がった。ジミーも立ち上がってわたしの行く手を阻んだ。

「気楽にやろうぜ」

ジミーはわたしの背中に両手をまわして抱き寄せようとした。が、わたしが膝で股間を蹴ると、悲鳴をあげてうしろによろめいて、股間を押さえながら肘掛け椅子に倒れ込んだ。そして、「ちくしょう」と、呻いた。「なんて女だ」

ジョージがジュリーから目をそらしてわたしたちのほうを見た。

「なにをしてるんだ？」

「この女をやっちまえ」と、ジミーが叫んだ。「思い知らせてやれ」

ジョージがこっちへ一歩踏み出した。わたしはハンドバッグから催涙スプレーを取り出してジョージの顔にかけた。ジョージは足を止めて両手で顔を覆い、咳き込みながらも、なんとか息をしようとした。ジュリーはソファに座ったまま、まだ泣いている。ラザニアはもう黒焦げになっているはずだ。

わたしは催涙スプレーをバッグにしまって、代わりに拳銃を取り出した。ふたたびソファに体を沈めたジョージは、目を閉じて両手で顔を覆ったまま、喘ぎながら体を前後に揺らしている。

「目は四、五十分で見えるようになるわ」と、ジョージにいった。

ジュリーは可能なかぎりジョージから遠ざかろうとして、ソファの端へ移動した。彼女も両手で顔を覆って、まだむせび泣いている。

「歩けるようになったら、ジョージと一緒にとっとと帰って」と、ジミーにいった。

「ひどく痛むんだ」と、ジミーが訴えた。

「そうでしょうね。でも、ジョージを連れてさっさとここを出ていかなければ、警察を呼んでつまみ出してもらうわ」

「警察？」と、ジミーが訊き返した。

「暴行、および強姦未遂。それに、帰ってくれと頼んでも帰らなかったとなれば、略取・誘拐罪が成立するかもしれないわ」

「おれたちは誘拐なんかしてないじゃないか」

「十五分待つわ。そのあいだになにかおかしなことをしたら頭を撃ち抜くから、そのつもりでね。十一時になってもまだここにいたら警察を呼ぶわ」

「とんでもない女だ」と、ジミーがいった。

「とんでもない女が拳銃を持ってるのよ。これほど恐ろしいことはないと思うけど」と、凄んだ。

　ふたりは十五分後に帰っていった。ジミーは体をふたつ折りにして、まだ目を開けることができないジョージはジミーにしがみついて、十一時になる前によたよたと玄関の外に出た。わたしはさっさとドアを閉めて錠をかけた。居間では、ジュリーがソファに顔を埋めて大きな声で泣いていた。

〝まことの恋が平穏無事に進んだためしはない〟と、シェイクスピアもいっている。

38

ジュリーがなかなか泣きやまないので、キッチンへ行ってスパイクに電話をかけた。

「ジュリーが困ったことになってしまって。詳しいことはまた話すけど、とにかく、今日はジュリーのところに泊まったほうがいいと思うの」

「じゃあ、おれはあんたのところへ行ってロージーのお守りをすればいいんだな」と、スパイクがいった。

「ええ」

「もしおれが今夜はデートの約束があるといったら？」と、スパイクが訊いた。

「デートの相手も一緒に連れていけばいいでしょ。お店は何時まで？」

「一時までだが、残念ながらデートの約束はないんで、これから行くよ。店はブリジットが閉めてくれるから」

「ありがとう。鍵は持ってるわよね」

「ああ。しょっちゅうものをなくしてる誰かさんとは違うんでね」

「わたしだって、しょっちゅうものをなくしてるわけじゃないわよ」

「でも、純潔はなくしちまっただろ？」

「あなたにそんなことをいわれたくないわ。朝には帰るので、朝食をつくっておいてね。帰ったら話すから」

「オーケー」

「寝る前にロージーを散歩に連れてってね」

「オーケー」

「そんなに早くは帰れないかもしれないけど、朝はロージーになにを食べさせるかわかってるわよね」

「オーケー」

「わたしの話、聞いてるの？」

「寝る前に散歩に連れてって、いつもの朝飯を食べさせればいいんだろ？　ちゃんとわかってるよ」

「それから、わたしの服は着ないでね」

「小さすぎて入らないよ」スパイクはそういって電話を切った。

居間に戻ると、ジュリーは体を起こしてソファに座っていたが、見るに堪えない状態だった。リップグロスは口のまわりににじみ、目は腫れて真っ赤で、洟水が垂れ、アイメイクは溶けて流れている。それに、まだゆっくりとしゃくりあげていた。

わたしは空腹に耐えられなくなった。

だから、椅子に座って、コーヒーテーブルに置いてあったトレイの上のチーズを切り、クラッカーにのせて食べながら気の抜けたシャルドネを飲んで、ジュリーが泣きやむのを待った。

「もう帰ったのね」と、ようやくジュリーがいった。

「ええ。車が走り去るのを見届けたわ」

「戻ってくることはない？」

「ないわ」

「ふたりとも、ひどく腹を立ててたわよね」

「あのふたりはもともと乱暴な人たちじゃないわ。女性の前だということで、虚勢を張ってただけよ」

「怖じ気づいて帰っていったの？」

「おまけに、屈辱感を味わいながらね。たぶん、どこかでほかの女性を輪姦して憂さを晴らすんじゃないかしら」

「止められないの？」

「あのふたりを訴える？」と、訊いた。

「いやよ、そんなことをするのは」と、ジュリーがいった。

「それなら、止めることはできないわ」

「じゃあ、どうなるの？」

「あのふたりにはわたしたちが警察に通報したかどうかわからないわけだし、たぶんジミーはとっとと帰るでしょうね。ミルウォーキーだったっけ？　で、ジョージは、ひとりじゃあんなことをする勇気がないから、しばらく家に引きこもって奥さんを不満の捌け口にするんじゃない？」

「彼には二度と会いたくないわ」と、ジュリーがいった。「もしここへ来たらどうすればいい？　そのうちまた訪ねてきたら？」

「彼の勤め先を知ってる？」

ジュリーがこくりと頷いた。

「じゃあ、明日、訪ねていくわ」

「あなたが？」

「ええ」

「なにかされたらどうするの？」

「さっきだってなにかしようとしたけど、止めたでしょ」

「怖くなかったの？」

「恐怖より怒りのほうが強かったから」

ジュリーは紙ナプキンでそっと涙を拭いた。

「わたし、ひどい顔をしてるはずよ」

「修復不能ってほどじゃないわ」

　ジュリーは無言で頷いた。わたしも黙り込んだ。もう真夜中で、港を行き交う船はなく、港の向こうに見える街の灯りもずいぶんまばらになってきた。ジュリーはちびちびとワインを飲んだ。わたしもグラスに少し注ぎたした。おいしくなくても、なにもないよりましだ。わたしは激しい倦怠感に襲われていた。アドレナリンが体中を駆けめぐったせいだ。そういうことは以前にもあった。

「男は得よね」と、ジュリーがいった。

「あら、そう？」

「だって、性的ないたずらやレイプをされる心配がないでしょ」

「それは、男が女より体が大きくて力も強いから？」

「ええ。あなたのように拳銃を持っていればべつだけど、そうでなきゃ、女はいいなりになるしかないもの」

「男は男を恐れてるわ」

　ジュリーは肩をすぼめた。

「ほとんどの男は女より力が強いけど、ほんとうに強い男なんてほんのわずかよ」と、わたしがいった。「たしかに性的な暴行を受けることは女より少ないでしょうけど、それでも身の危険はけっこう感じてるはずだわ」

「どうしてそうだとわかるの？」と、ジュリーが訊いた。

「日々、体力と精神力を武器に勝負に挑んでいる男たちを大勢知ってるからよ」と、わたしがいった。「そういう男たちと一緒に仕事をする機会があなたより多いから」

「あなたもそういう世界で仕事をしてるのね」と、ジュリーがいった。

「そうかもしれない」

「でも、あなたは……女っぽいでしょ。男性的なところはまったくないわ」

頷いた。

「警官になろうと思ったときに父が、〝戦いの勝ち負けは、強いか弱いかではなく勝ちたいという気持ちがどれだけ強いかで決まる〟と教えてくれたの」

「あなたは拳銃を持ってるでしょ」と、ジュリーがいった。「それでずいぶん違ってくるんじゃないかしら」

「まあね。でも、拳銃は誰だって持ち歩けるわ。要は、実際に使うか使わないかよ。わたしは使うわ」

ジュリーは弱々しい笑みを浮かべた。

「あなたは使ったのよね」

「ええ」

「わたしは使えるかどうかわからないわ」と、ジュリーがいった。

「ほとんどの人はわからないはずよ。それに、銃を使うか使わないかの決断を迫られることもないし」

「あなたはさっき、わたしのために決断を迫られたのね」

わたしはにっこり笑った。

「決断を下したのは、はるか昔よ」

「だからいまの仕事を続けてるのね」

眉を上げた。

「あなたは銃が使えるから」

これこそ、わが親友ジュリーの本来の姿だ。ただし、たいていは、おしゃべりで、自信家で、はなやかで、かつ性的に奔放な姿の下に隠れている。だが、この夜の出来事に仮面をはがされて、ジュリーが本来の姿をさらけ出したのだ。そう思いたかった。

「わたしはどうしようもないばかだわ」と、ジュリーがつぶやいた。

「誰だって、ときには判断を誤ることがあるわ」と、なぐさめた。

「それだけじゃないの。わたしには……芯がないのよ」

わたしは黙ってワインを飲んだ。

「あなたを見てると、そう思うの。だって、あなたは自分にできることとできないことと、自分がしなきゃいけないこととしてはいけないことをちゃんとわかってるでしょ。そして、それにもとづいて行動してるでしょ。でも、わたしはクライアントの夫の変態男に夢中になってしまって。あなたがいなかったらどうなってたか」

わたしは自分のこととリッチーのことと、ジェッシイ・ストーンのことを考えた。

「わたしも自分に芯があるかどうか自信がないわ」

「そうかしら。ねえ、あなたがいなかったらどうなってたと思う？」

わたしは肩をすぼめた。

「三人でやってたんじゃない？」

「たぶんそういうことになってたでしょうね」と、ジュリーが認めた。「だって、どうすればいいのかわからなかったと思うし……明日、ほんとうに会いにいくの？」

「ジョージに？　ええ」

「ひとりで？」

「じつは、スパイクを連れて行こうと思ってるの」

「あなたにも男が必要なわけ？　〝わたしは女。わたしの雄叫びを聞きなさい〟っていうのがあなたのテーマソングなんじゃないの？」

「わたしは男女同権主義者《フェミニスト》じゃないのよ、ジュリー。あえていうなら実用主義者《プラグマティスト》かしら。べつに、なにかを証明しようとしてるわけじゃないの。できることなら物事は効率よく進めたいと思ってるだけ。だから、明日会いにいっても、わたしはジョージに危害を加えないわ。それはスパイクに頼むつもりよ」

「二度とわたしの前にあらわれるなといって脅すの？」

「ええ」

「で、スパイクは彼を殴るわけ？」

「そりゃ、そのほうが効果があるんじゃない？　わたしの脅し文句も立て板に水だけど」

「うまくいくと思う？」

「あなたもスパイクを知ってるでしょ」

ジュリーが頷いた。

「うまくいくわ」と、断言した。

腕時計を見ると十二時半だった。

「帰るの？」と、ジュリーが訊いた。

彼女の声は恐怖に満ちていた。

「ううん。今日は泊まる」

「ここに？」

「泊めてもらえるのならね」

「ロージーは大丈夫なの？」

「スパイクが一緒にいてくれるから」

ジュリーは頷いてなにかいおうとしたが、いえないらしく、立ち上がるなり両腕で私を抱きしめて、また泣きだした。

「ありがとう」と、かすれた声でいった。「ありがとう」

わたしはそっとジュリーの背中を叩いた。

「どういたしまして」

39

スパイクとわたしは、午前十時過ぎにベイ・コロニー銀行のウェルズリー支店へ行った。なかに入ると左手に長いカウンターがあって、カウンターの向こうには制服姿の行員が立ち、右手の柵の向こうには安定性と信頼性を象徴する黒っぽい大きな木の机が並んでいて、スーツ姿の行員が座っている。その奥に会議室があるが、なかには誰もいない。ジョージは会議室の三つ手前の席に座って、誰かと電話で話をしていた。

「あなたのここでの役目は？」と、スパイクに訊いた。

「無言で相手を震えあがらせることだろ？」

「そのとおりよ」

わたしたちは柵のなかに入ってジョージの机をめざした。黒いタンクトップを着て頭に黒いバンダナを巻き、楕円形でワイヤーフレームの小さなサングラスをかけたスパイクは暴走族のように見えた。電話が終わるのを待ってそばに行くと、ジョージが営業用の笑みを浮かべた。が、わたしだとわかったとたんに笑みが消えた。わたしは会議室を指さしてさっさと歩きだした。ジョージは不安げにちらっとスパイクに目をやってから会議室へ向かった。スパイクもついてきて、会議室に入るなりドアを閉めた。三人とも椅子に座りはしなかった。ジョージは部屋の奥へ歩いていって、大きなテーブルの向こうに立った。

「なんの用だ？」

ドアの前に突っ立っているスパイクにジョージがときおりちらちらと目をやっているのは、わたしも気づいていた。

「わたしのうしろにいる大きな男性はスパイクよ」と、紹介した。「今後、もしジュリーに近づいたら、スパイクがあなたのところに来て息の根が止まるまで叩きのめすから、そのつもりで」

スパイクがジョージをにらみつけた。

「こんなことが……」と、ジョージがなにかいいかけた。

「こんなこととは？」と、わたしが訊いた。

「とつぜんやって来て人を脅すなんてことが許されるはずがない」

「あら、そうかしら。わたしたちは現にあなたを脅してるし、そのためにここへ来たのよ」

「ここは銀行だ」と、ジョージがいった。「通報すれば、二分以内に警官が駆けつけるようになってるんだぞ」

「それはそれは」

わたしは腕を組んでコーヒーテーブルの端にもたれかかった。

「なにをしてるんだ？」と、ジョージが訊いた。

「警官が来るのを待ってるの」

「呼ぶ気はないと思ってるのか？」

「呼んでも呼ばなくてもかまわないけど、もし呼ぶのなら、警官が来るまでにここにいようと思って」

ジョージは無言のまま、相変わらずちらちらとスパイクを見ている。

「ふたりとも、そこに突っ立ってるつもりか？」

「ええ」と、わたしが答えた。

「通報はしない」と、ジョージがいった。

「それに、ジュリーには二度と近寄らないわね」と、確認した。

「おれは……いや……あのことは後悔してる。おれたちは酔っぱらってたんだ」

「わたしは酔っぱらってなかったわ」

「おれとジミーのことだ。ちょっと飲みすぎたんだ」

「ジミーはいまどこにいるの？」

「もう帰った」

「ミルウォーキーへ？」

「ああ」

「ミルウォーキーへ行く気はある、スパイク？」

スパイクはかぶりを振った。

「じゃあ、もしジミーがふたたびジュリーに近づいたら、スパイクがあなたを叩きのめすことにするわ」

ジョージの虚勢が完全に消えた。

「彼女には二度と近づかない。ジミーもだ」

「もし近づいたら……」そこまでいって、振り向いた。「もしどちらかがジュリーに近づいたら、ジョージを痛めつけてくれるわよね、スパイク？」

スパイクは、ジョージの顔から一瞬たりとも目をそらさずにゆっくりと頷いた。

「息の根が止まるまで？」と、念を押した。

スパイクがふたたび頷いた。

「おれもジミーも、けっして近づかないと神に誓うよ」

「奥さんはジュリーのことを知ってるの？」

「いいや」

「じゃあ、内緒にしておいたほうがいいわ」わたしはそういってドアへ向かった。

スパイクが親切にドアを開けてくれたので、先に出た。ついてくる気配がないので振り向くと、スパイクは戸口に立ったまま、まるで顔の造作を脳裏に焼きつけようとしているかのようにジョージの顔をにらみつけていた。が、ようやく出てきたので、一緒に銀行をあとにした。

「どう思う？」と、車のなかでわたしが訊いた。

「なかなかいい男じゃないか」と、スパイクはいった。「ジミーのほうはどうなんだ？」

「彼もそこそこいい男よ」

「で、どっちも、もうジュリーと付き合う気がないのなら……」

スパイクはにやりと笑って、眉を何度も上げたり下げたりした。

「あのふたりはゲイじゃないのよ」

「あらたな楽しみを見いだしたいと思うかもしれないだろ？」

「まさか！」

「〝愛はどこにでも転がっている〟というからな」

40

「物乞いキラーはどのぐらい頻繁に手紙をよこしてたの?」と、父に訊いた。「二十年前の事件のときは」

「週に一回はかならず届いていた」と、父がいった。

わたしたちはFBIのオフィスで話をしていた。

「わたしにはたった一回だけよ」

エプスタインが頷いた。

エプスタインは痩せていて、髪が薄い。黒縁の丸い眼鏡をかけていて、外にはめったに出ないのではないかと思うほど色が白い。

「おそらく、今回はほかのことに楽しみを見いだしたんだ」と、エプスタインがいった。

「それは、わたしと会って話をすることだと思うんです」

「物乞いキラーがあなたと?」と、エプスタインが訊いた。

「ええ」

「あなたが会っているのはボブ・ジョンソンだろ?」

「ええ」

エプスタインが父を見た。

「フィル？」

「おれは娘の勘を信じてる」と、父がいった。

「たぶん当たってるんでしょう」と、エプスタインも認めた。「でも、なぜ手紙をよこさなくなったんだろう」

「会ってお酒を飲んだからです」と、わたしがいった。

「安全な場所でだ」と、父がいい添えた。

「そう、安全な場所でお酒を飲みながら話をしたんです」と、わたしが説明した。「彼はいつも物乞いキラーの話をして、わたしをその気にさせようとしたわ。最後に会ったときも、自分がやったとはいわなかったものの、事件の話をして。だから、手紙を書く必要がないんです」

「あなたをその気にさせる？」と、エプスタインが訊いた。

「ほかに適当な表現が見つからないんだけど、わたしの気を惹こうとしていたようなんです……彼にではなく、殺人事件に……いいえ、そうじゃなくて、殺人犯にです。つまり、物乞いキラーに」

「で、あなたの推理では、ジョンソンが物乞いキラーなわけだ」と、エプスタインが確認した。

「ええ」

「じゃあ、彼は自分の話をしてあなたの気を惹こうとしてるんだな」

「ええ」

「たいていの男はそうするんじゃないだろうか」と、エプスタインがいった。

「まあね。でも、たいていの人は連続殺人犯じゃないわ」

「たしかに。だが、あなたの経験に照らし合わせて考えると、男はなんのために自分の話をすると思う？」

「好印象を与えたいからでしょ」

「それが男の目的だと？」

「ええ。目的のひとつだと思います。でも、得意げに卑猥な話をする人もいますよね。まるで自分のセックスライフを自慢するような感じで」

「一度、おまえの男性関係について話し合ったほうがいいかもしれんな」と、父が口をはさんだ。

わたしは父にほほ笑みかけた。

「そうね」

父がほほ笑み返した。

「要するに、ジョンソンは物乞いキラーのことを得意げに話して性的な興奮を得ているということなんだな」と、エプスタインが要約した。

「露出狂と同じだ」と、父がいった。

わたしは椅子に座ったまま父のほうへ体を向けた。

「ええ、そうよ。まさにそうだわ。彼はわたしに性器を見せびらかしてるのよ」

「たいていの露出狂はそれだけで満足するんだ」と、エプスタインがいった。「まあ、そのほうがいいんだが」

「しかし、なかには全裸になるやつもいるはずだ」と、父が補足した。

「つまり、なにもかも白状するってことね」と、わたしがいった。

「その場合は、自分の身を守るためにおまえを殺さなきゃならなくなる」

「あなたへの手紙は基本的に挑発でしたよね」と、エプスタインが父に確かめた。

父が頷いた。

「サニー、あなたとのやりとりは、私の解釈が正しければ擬似恋愛なわけだ」

「まあ、広い意味では。彼は、物乞いキラーがいかに卓越した人物間か、わたしたちにわからせようとしているみたいなんです」

「ということは、いずれにしても、自分を認めてほしいという思いが根底にあるわけだ」と、エプスタインが分析した。「ただし、あなたとのやりとりは、つまりその、性的な意味合いが強いようだが」

「ええ、たしかに」

「彼は実際にあなたと情交を結びたいと望んでいるのだろうか?」

「情交を結ぶ？　ＦＢＩの捜査官がそんな言葉を使うとは知らなかったわ」

「ユダヤ系の特別捜査官は使うんだ」と、エプスタインがいった。「それに、あなたの親の前なので」

「ユダヤ系の支局長は何人いるんだ、ネイザン？」と、父が訊いた。

「私だけだと思います」と、エプスタインが答えた。「それで、ボブ・ジョンソンの目的はあなたとセックスすることなのか？」

「わかりません」と、答えた。「性的な興奮が顕著になるとすぐに帰るので」

「あなたを家に招いたことは？」

「あります」

「で、断わったんだな」

「ええ、やんわりと」

「あなたの家へ行きたいといったことは？」

「あるわ」

「それも断わったんだな」

わたしはにっこり笑った。

「ええ、やんわりと」

「でも、あなたがどこに住んでいるかは知ってるわけだ」

「手紙を送りつけてきましたから」

「電話帳には番号を載せてるのか？」

「ええ」

エプスタインはそのことについて考えているようだったが、すぐに話を進めた。

「先ほどの、〝性的な興奮が顕著になる〟というのはどういうことだ？」

わたしはちらっと父に目をやった。

「わたしにはそんなふうに思えたんです。唇が濡れて、目を見開いて、顔も紅潮しているように」

「もっとも顕著な兆候は勃起しているかどうかだ」と、エプスタインが指摘した。

父が呻くような声をあげた。

「それは気づかなかったわ」と、わたしがいった。

エプスタインは回転椅子のアームに両肘をついて、握り固めた左手を口に押し当てた。

父とわたしは静かに座っていた。

「どう思います？」口に拳を押し当てたまま、エプスタインが父に訊いた。

「やつがほんとうに性的な興奮を感じてるのなら、それはこれまでになかったことだ。たぶん、口説きたくなるような女性と話をするのは今回がはじめてなんだろう」

「今回は、取り調べをする捜査員がたまたま魅力的だったわけですね」と、エプスタインがいった。

「ああ」と、父が相槌を打った。

「サニー？」と、エプスタインがわたしをうながした。

「わたしも父と同じ考えです」と、いった。「でも、想像にすぎませんよね。彼を取り調べた捜査員が魅力的だったということ以外は」

エプスタインは、なおも拳を口から離さずに頷いた。

「現時点では想像するしかないんだから。精神科医と連絡を取って、意見を聞いてみる」

「クワークに何人か知り合いがいるはずだ」と、父がいった。「サニーに行かせるよ」

「わかりました」と、エプスタインが応じた。「いずれにしても、ボブ・ジョンソンには気をつけたほうがいい。彼のようなタイプはこれまであまりいなかったし、なにをしでかすかわからないので」

「気をつけます」と、約束した。

「あなたが殺されては困るんだ」と、エプスタインがいった。

「おれも困る」と、父がいった。

「よかったわ。やっと意見が一致して」

41

　父が電話をかけてきて、ヴィクトリア・ラソーはロードアイランドのクランストンで夫とともに暮らしていると教えてくれた。夫の名前はレナード・メイスンというらしい。

「今週中に会いに行ってくるわ」

「電話でもいいじゃないか」と、父がいった。

「だめよ。会って話がしたいの」

「それでも、前もって電話をしておいたほうがいいぞ」

「わかってる」

「会いに行く理由はぼかしておいたほうがいいかもな」

「そうね」

「クランストンの警察に連絡しておこうか？」と、父が訊いた。

「ううん。こっそり訪ねたいの。旅費は出るの？」

「クランストンへ行くのにか？」

「場合によっては泊まることになるかもしれないから」

「それなら出してやる」と、父がいった。「サンドウィッチを買う余裕もあるはずだ」

「ありがとう。手弁当でってわけにはいかないから」

「なんだ。そのつもりだとばかり思ってたんだが」

「ジョンソンの父親のことでなにかわかった？」

「ボブ・シニアのことか？　大学の同窓会事務局に出向いて事情を説明して、なんとか協力を取りつけて経営学部のオフィスへ行ったものの、ボブ・シニアと同時期に大学で働いていた人物はほとんどいなかったんだ。ただし、創立当初から経営学部の秘書をしているレジーナ・ハンリーという女性はボブ・シニアを知っていた。レジーナは、ある朝、ボブ・シニアの妻から、夫が昨夜帰ってこなかったので心配しているという電話がかかってきた話をしてくれた。研究室に電話をかけたが誰も出ないので見てきてくれないかと頼まれて見にいったが、研究室のドアには錠がかかっていたと彼女はいった。ノックをしても返事がないので、マスターキーでドアを開けてなかに入ると、ボブ・シニアは机の向こうに倒れていて、死んでいるのはひと目でわかったという。間違いなく死んでいるように見えたし、たとえ死んでなくてもボブ・シニアはぴくりとも動かず、関わり合いになりたくなかった彼女は、そのままドアを閉めてキャンパス・ポリスに連絡したそうだ。キャンパス・ポリスは救急車とともにやって来てボブ・シニアを学内の診療所へ連れていき、そこの医者が死亡を確認したらしい」

「心筋梗塞ね」と、わたしがいった。

「ああ……」父はあいまいに返事をして間をおいた。

「意味ありげな沈黙ね」

「劇的な効果を狙ったんだ」と、父はいった。「じつは、レジーナは年甲斐もなくおれに心を奪われたようで、ボブ・シニアは血を流していたように思うと打ち明けたんだよ」

「血を流してた？」

「自信はないらしい。床に倒れているボブ・シニアを発見するなり、おぞましくて目をそらしたそうだから。だが、血を流していたようだというんだ」

「心筋梗塞で出血することなんてある？」

「おれの知るかぎりはない。倒れたときにどこかに体をぶつけて、それで少し出血したのかもしれないが」

頷いた。

「でも、死亡を確認した医者も出血のことには触れてないんでしょ」

「ああ」

「キャンパス・ポリスの報告書にもそんなことは書いてなかったのよね」

「ああ」

「解剖はしたの？」

「解剖をする必要はなかったんだ。ウォルフォードの警察は大学教授が心臓発作を起こしたとの報告を受けただけだし、すべて大学側が処理したようなので」

「レジーナはなにもいわなかったのね」

「おれに話すまではひとことも。彼女も自信がなかったんだろう。それに、彼女にとってはすべてが〝おぞましい〟ことだったし、関わり合いになりたくなかったというんだから」

「でも、父さんには話したのね」

「おれになら話してもいいと思ったんだよ」

「彼女をその気にさせたの？」

「もちろんだとも。確立された捜査技法のひとつだ」

「母さんは知ってるの？」

「勘ぐってはいる」

「武器が使われた形跡は？」

「記録にはない」

「当時、ボブ・シニアは何歳だったの？」

またもや沈黙が電話線を伝わってきた。

「四十だ」

「そんな」

「ああ、心筋梗塞で死ぬには若すぎるよな。それと、もうひとつ。たいした意味はないのかもしれないが、ふたたび物乞いキラーの事件が起きるようになったのは今年に入ってからだ」

「でも、四十歳で死ぬ人はほかにも大勢いるはずだわ」

「わかってる。しかし、彼らは殺人事件の容疑者の父親じゃない」

「もしかして、以前の事件は父親の、そして、今度の事件は息子の犯行かもしれないと考えてるの？」

「おれはありとあらゆる可能性を考えている」と、父はいった。「残念ながら、どれひとつとして証明できないんだが」

「息子が二十年後に父親の犯行を引き継いだというわけ？」

「かもしれん。おまえは、独創的な考え方をしないといけないといつもいってるじゃないか」

「もしボブ・シニアが初代の物乞いキラーだったのなら、それが理由で自殺したんでしょうね」と、わたしは自分の推理を述べた。「もし彼が自殺したのなら」

「もしおまえの推理が正しければ、二代目の物乞いキラーがあらわれた理由も察しがつく」

「でも、証拠はまだなにも見つかってないし、父さんが探してる証拠の半分は二十年以上前の事件のものだし」

「たしかに」と、父がいった。「探しても、おそらくなにも出てこないだろう。だが、二十年たってようやく仮説を組み立てることができるようになったんだ」

「悪くないわね」と、わたしがいった。
「ああ、悪くない」と、父が応じた。

42

ヴィクトリアがコーヒーをいれてくれたので、居間に座って一緒に飲んだ。部屋は、インテリア・ショップの専属デザイナーにコーディネートしてもらったようにすっきりとまとまっていたものの、面白みはまったくなかった。ヴィクトリア自身はいまだに写真のままだったが、黒い髪は学生時代より短くカットして、ハイライトを入れていた。化粧も学生時代と比べると洗練されていたが、もうすぐ四十歳になるというのに、みごとに当時の若さを保っていた。

「ボブ・ジョンソンになにかあったんですか?」と、ヴィクトリアがたずねた。

「いいえ、関係者に話を聞いてまわっているだけです」

わたしは彼女に写真を見せた。

「これはあなたですね」

「どこでこれを?」

「あなたですね」

「ええ、大学の卒業写真よ。気に入ってないんだけど」

「わかります。わたしも、好きな写真なんて一枚もないんですよ」

彼女もわたしも笑った。女友だちとたわいのないおしゃべりをしているような雰囲気だった。

「ボブ・ジョンソンに最後に会ったのはいつですか？」

「それが、大学を卒業してから一度も会ってなかったのに、おかしなことに今年ばったり会って」

「どこで？」

「夫のレニーはボブと同じ学年で、わたしは二年後輩なんだけど、今年の春に夫の卒業二十周年の同窓会に出席したときに」

「ボブ・ジョンソンも来てたんですか？」

「ええ。彼のほうから声をかけてきたので、三十分か、あるいはもう少し話をしたの。大学を卒業してからずいぶん社交的になったみたいで、夫もわたしも、大学時代よりいまの彼のほうがいいと話してたのよ」

「学生時代は彼と親しかったんですか？」

「じつは、しばらく付き合ってたの」

「で、どうだったんですか？」

ヴィクトリアが笑った。

「まああってところかしら」

「彼はどんな感じだったんですか?」

「とっても内気で、やさしいことはやさしいんだけど、目立たない地味な学生だったわ。自慢できるのは、お父さんが大学の教授だということぐらいしかなくて」

「深い仲だったんですか?」

「そんな……」ヴィクトリアはそういって笑った。

「ごめんなさい。みんなにたずねていることなので。でも、それ以上は訊きません」

ヴィクトリアはほほ笑みながら頷いた。

「あなただってヴァージンってわけじゃないでしょ」

「ええ、もちろん」と、答えた。

「彼とは一度だけセックスをしたの」と、ヴィクトリアが打ち明けた。「でも……上手じゃなかったわ。あまり経験がなかったんじゃないかしら」

「うまくいかなかったんですか?」

「不能だったわけじゃないのよ」と、ヴィクトリアはあからさまにいった。「異様に興奮して、前戯はほとんどなくて……それに、その、すぐに果ててしまって」

「それは困りますよね。で、彼は……その……実際に……」わたしは意味もなく右手をくるくるとまわした。

「挿入はしたのよ。でも、長続きしなくて。初対面の人とこんな話をするなんて、信じられないわ」

「わかります。おかしいですよね」

「かわいそうに、ボブはすまなさそうにしてたわ。まるで、なにか悪いことをしたみたいに」

「で、なぐさめてあげたんですか？」

「ええ、もちろん。よかった、すばらしかった、楽しめた、というようなことをいって」

「彼は気を取り直しました？」

「さあ。あんなに早く果てちゃったら、女性が楽しめるはずがないとわかるでしょうけど」

「彼とはその後もデートを続けたんですか？」

「ええ、しばらくは。徐々に遠ざかろうと思ったの。だって、すぐに付き合いをやめたら、セックスが下手だったせいだと思うかもしれないでしょ」

「あなたもやさしかったんですね。彼とはその後も何度か？」

「いいえ。彼は臆病になってたんだと思うの。それに、わたしも、もういやだったし。でも、すぐに果てちゃったからじゃないのよ。もちろん、それもあるけど、ふだんは内気で口数も少ないのに、セックスのときは異様に興奮して、それがいやで」

わたしは小さく頷いた。

「別れることになったときはどんなふうでした？」

ヴィクトリアは頭をうしろに倒して天井を見つめた。

「彼、泣いたのよ」

そういってから、わたしに視線を戻した。

「見ていられなかったわ。泣きながら、愛しているからもう一度チャンスをくれと懇願するんだもの」

「チャンス？」

「今度はもっとうまくやるからってことでしょ」

また頷いた。

「そのころ、レニーとはすでに仲よくしてたの。もちろん、付き合ってたわけじゃないけど。それで、ボブのことを話したら、〝いやなら付き合う必要はない〟と、レニーがいって」

「じゃあ、ボブと別れてレニーと付き合いだしたんですか？」

「ええ」

「ボブはそれをどう受け止めたのかしら」

ヴィクトリアが苦笑を浮かべた。

「ボブはときどきわたしたちをつけてたの。あとをつけてきて、じっと見てたの。レニーがとうとう、やめなければぶん殴るといったんだけど」

「それで、やめたんですか？」

「しぶしぶね。ボブはそんなに体格がよくないけど、レニーはフットボールの選手だったから」

ヴィクトリアはそういって肩をすぼめた。

「じゃあ、それで片がついたんですね」

「ええ。その後、彼に悩まされることはなかったわ。学校でもめったに見かけなかったし、卒業してからは、今年の春の同窓会まで一度も会ったことがなかったの」

「同窓会で会ったときは感じがよかったんですよね」

「ええ、とっても。明るくて、おおらかで、仕事でもそこそこ成功しているように見えたわ。かなり魅力的だったの」

頷いた。

「同窓会があったのはいつですか？」

「六月のはじめよ。なんなら確かめるけど」

「お願いします」

ヴィクトリアは居間を出ていって、数分後に日付を書いた封筒を持って戻ってきた。

「いったいなにを調べてるの？」わたしがその封筒を受け取ってハンドバッグにしまい込むのを見て、ヴィクトリアがたずねた。

「いくつか、こまかい疑問を解消したくて」

「そうじゃないわ。そんなの嘘よ。ちょっとした事件の捜査なら、人の性体験まで詳しく訊かないはずよ」

「なんならわたしの性体験もお話ししましょうか?」

「とってもいい思いをしたときの話とか?」

わたしはにっこり笑った。

「ロサンゼルスへ行ったときなんですが、ロデオ・ドライブで……」

「話をそらそうとしてるわね」ヴィクトリアはすぐに見抜いた。

「ええ」と、素直に認めた。

「なんの事件の捜査なのか話したくないのね」

「でも、嘘ではないんです」

しばらく沈黙が流れた。ヴィクトリアは空《から》になったコーヒーカップをいじくりまわしていた。

「ロデオ・ドライブで?」

43

母が、エリザベスのフィアンセのチャールズ・シュトラーサを紹介するといってわたしを昼食に誘った。わたしたちは実家のダイニングルームで昼食を食べた。エリザベスとチャールズと、母とわたしの四人で。母はツナヌードル・キャセロールをつくって、レタスの上にのせたトマトゼリーと一緒に皿に盛って出した。バスケットのなかには、買ってきてほんの少しあたためたパンが、カットグラスの皿にはバターが入れてある。チャールズはワインを持ってきたが、母はどのグラスを使えばいいのかわからず、キッチンでこっそりわたしに相談した。実家には柄つきのグラスがないので、背の低いグラスに注ぐことにした。ワインオープナーもなかったが、チャールズがコルクスクリューのついたスイス・アーミーナイフを持っていたので助かった。チャールズはじつに上手に栓を開けた。座って食事を始めると、母はワインをほんのひと口飲んだだけで、さっさとバーボンのオン・ザ・ロックに切り替えた。

テーブルには白いテーブルクロスが敷かれ、母が何十年も前に誰かから結婚祝いにもらった銀のナイフとフォークが整然と並んでいた。チャールズは、驚いているというよりとまどっているようだった。ツナヌードル・キャセロールなど食べたことがないのだろう。

「とてもおいしそうですね、ミセス・ランドル」と、チャールズが褒めた。

この大嘘つきめ。

「ありがとう、チャールズ。わたしは、時間がなくても手際よく料理をつくることができるのよ」と、母が自慢した。「二週間前にお友だちを招んでブリッジをしたんだけど、あっというまに十六人分の食事をつくったんだから」

チャールズは笑みを浮かべながら頷いて、ワインのグラスを手に取った。

「ここでちょっと乾杯させてください。ランドル家の素敵な女性たちに」

彼はそういってグラスをかかげた。

「とりわけ、もっとも素敵なミセス・ランドルに」

母はほんのりと頬を赤らめて、そっと自分のグラスを上げた。人が自分のために乾杯してくれたときは加わってもいいのかどうかわからなかったようだが、加わることに決めてバーボンを飲んだ。

「父さんも一緒だったらよかったのに」と、エリザベスが嘆いた。

「いなくてよかったわよ」と、母がいった。「父さんがいたら、わたしたちのことなんて無視してサニーと例の殺人事件の話をするはずだから」

「殺人事件の話？」と、チャールズが訊いた。

「父の手伝いをしてるんです」と、わたしが説明した。

「あなたも警官なんですか？」

「昔はね。いまは、その、ひとりでやってるんです」

「私立探偵なんですか？」

「ええ」

「このワイン、すごくおいしいわ」と、エリザベスが話題をそらした。「ねえ、チャールズ、どこのワインか教えてくれない？」

「とても飲みやすいだろ？　アルザスワインなんだが、ランチに人を招いたときにはぴったりだと思うよ。とくに魚にはよく合うんだ」

全員が、テーブルの真ん中に置いてある保温プレートの上のツナヌードル・キャセロールを見た。チャールズは母がバーボンを飲んでいるのに気づいていたかもしれないが、そんなそぶりは見せなかった。

「ほんとうにおいしいわ」と、エリザベスが繰り返した。「そう思わない、サニー？」

「ええ」と、相槌を打った。

母も話の輪のなかに入りたそうにしていたが、ワインは飲んでいないので、話題を変えた。

「ツナヌードル・キャセロールは、小さいときのこの子たちの好物だったのよ。とくにエリザベスはこれが大好きで、つくってくれといつもせがんでたわ」

「ほんとうにおいしそうだ」と、チャールズがまた褒めた。「ヌードルも手づくりですか？」

母は得意げに頷いた。

「前もって茹でておくんだけど、決められた時間より一分早く引き上げるのがコツなの。そうすれば、オーブンで焼いてもやわらかくなりすぎないから」

チャールズも大きく頷いた。

「で、手づくりなんですか？」

「ええ、キャセロールは今朝わたしがつくったのよ」

「ヌードルは？」

チャールズが会話を途切れさせないように同じことを何度も訊いているだけなのか、それとも母をからかって楽しんでいるのか、わたしにはわからなかった。

「ヌードル？」と、母が訊き返した。

母はいつも箱入りのヌードルを買っている。家でヌードルをつくる人がいるなどとは、考えてみたこともないはずだ。

「母は〈プリンス〉のヌードルを使ってるんです」と、わたしがいった。

「そうよ。ほかのメーカーのは使わないの」

「一度、手づくりのパスタを試してみるといいですよ」と、チャールズがいった。「トスカーナ地方へいらっしゃったことはありますか？」

トスカーナへなど、誰も行ったことがない。

「トスカーナの田舎の小さなレストランでは、シェフがオープンキッチンに立って客の見ている前でパスタを打って、裏庭でとってきたばかりの野菜であえて、絞りたてのオリーブオイルをかけて出してくれるんです」

「わたしはいつもキャセロールに冷凍のグリーンピースを入れてるわ」と、母がいった。

「それはおいしいでしょうね」と、チャールズがまたお世辞を口にした。

「イタリアへはよくいらっしゃるんですか？」と、わたしが訊いた。

「比較文学が専門なので」と、チャールズがいった。「毎年、夏休みには異なった文化に対する理解を深める努力をしてるんです。文学というのは、詰まるところ、文化の声なわけだから」

わたしは静かに頷いた。エリザベスも頷いた。母は席を立った。

「デザートの具合を見てくるわ」

母はグラスを手にキッチンへ行って、お代わりを注いで戻ってきた。

「お腹がすいたわ。さあ、食べましょう」

「わたしが取り分けるから」と、エリザベスが申し出た。

母にも異存はないようで、エリザベスに大きなスプーンを渡した。エリザベスは、わたしたちが差し出した皿にツナヌードル・キャセロールを取り分けてくれた。母がいったとおり、キャセロールには色あざやかなグリーンピースが入っていた。

「もう少しあなた自身のことを話してくれませんか、サニー」と、チャールズがいった。

「以前は警察に勤めてたんですよね」

「ええ、ボストンの」と、答えた。

「〝この父にしてこの娘あり〟ってわけだ」「まさに、〝この父にしてこの娘あり〟なの。若い娘がするような仕事じゃないのに」と、母がいった。

「で、やめたんですか？」

「ええ」

「なぜ？」

「制約が多すぎるので」

「わかります」と、チャールズが理解を示した。「大学もけっこう窮屈で」

「だいたい、若い娘がするような仕事じゃないのよ」と、母が繰り返した。「わざわざ高いお金を払って大学へ行かせたのに」

「でも、ほんとうは彼女のことを誇りに思ってらっしゃるんじゃないですか、ミセス・ランドル？」

母がつい先ほど注いできたバーボンのお代わりも、もう半分以上減っている。エリザベスもわたしも、そのうち母がどうなるかわかっていたが、ペースを落とさせようとしても無駄だ。

「この子たちのどちらかが孫を生んでくれたら誇りに思えるんだけど」と、母がいった。

エリザベスはかすかに青ざめたように見えた。

「サニーは絵も描いてるのよ」と、エリザベスがチャールズに教えた。

「ほんとうに？　人物画ですか？」

「いいえ、風景画です」

「絵なんか描いたって、なんの役にも立たないのに」と、母がいった。

すでに呂律が怪しくなっていて、少し聞き取りにくかった。

「あなたの経験をもとにして考えると、犯罪を減らすもっとも効果的な方法はなんだと思います？」と、チャールズが訊いた。

「すべての交差点に警官を立たせることでしょうね」と、答えた。

「警察国家にするんですか？」

「それで警察国家になるのかどうかはわからないけど、犯罪が大幅に減るのは確実だわ」

「貧困と人種差別をなくしたほうが効果的だと思いませんか？」と、チャールズが自分の考えを述べた。

「貧困と人種差別は、五千年か、あるいは一万年前から続いてるんですよ」と、反論した。

「だからといって、なくす努力をしなくていいということにはならないはずだ」

「なくす努力をしても、犯罪はけっしてゼロにはならないんです」

「それだって、不可能な話ではないはずだ。不可能だと決めつけるのは、人間は永遠に不完全な存在のままだといっているのと同じじゃないかな」

「たしかに」

「そんなこと、ぼくは認めたくない」

「それは立派だと思います」

「あなたは？」

「人間は永遠に不完全な存在のままだというのを認めるかどうかってことですか？」

「ああ」

「わたしは認めるわ」

「それは敗北主義的な行為だ」

エリザベスは自分でワインのお代わりを注ぎ、母はバーボンをすすった。チャールズは興奮して顔を紅潮させていた。

「連続殺人犯に会ったことはあります？」と、わたしが訊いた。

「そんなこと、この話に関係ないじゃないか」と、チャールズがいった。

「経験にもとづいて考える必要はないってことですか？」

「連続殺人犯は普通の人間じゃない。精神的におかしいんだ」

「かならずしもそうとはかぎらないわ」と、教えてやった。

「いや、おかしいに決まってる」と、チャールズはいい張った。「普通の神経じゃ、あんなことはできないはずだ」

わたしはしぶしぶ頷いた。チャールズは博士号を持った大学教授で、数ヵ国語を操り、世界各地を旅行しているのに、米粒ほどの脳みそしか持ち合わせていないようだ。

「おっしゃるとおりだわ」

「いやいや、そんなにあっさり引き下がられては困るんです。ぼくは知的な議論を戦わせるのが好きなんだから」

「いえいえ、あなたには勝てっこありませんから。それはそうと、もう日取りは決めたんですか？」

「式は秋に挙げるつもりよ」と、エリザベスが代わりに答えた。「たぶん、十月に」

それからしばらくはみな静かにワインを飲んで、我慢の限界に達するまでツナヌードル・キャセロールを食べた。トマトゼリーには誰も口をつけなかった。

「ひとり残らずアフリカへ送り返せばいいんだわ」と、母がいった。「犯罪をなくしたかったら、そうすればいいのよ」

エリザベスは激痛に襲われたような顔をした。チャールズは表情をこわばらせた。わたしはいつものように考え込んだ。わたしはいったいどのくらい母や姉と同じ遺伝子を持っているのだろう？　そして、それはわたしにどのような影響を与えているのだろう？　どこまで耐えれば、席を蹴って帰っても許されるのだろう？　そんなことはいままで一度もしていないが、今回はそういう事態におちいりそうな気がした。

母が席を立ち、グラスを持ってキッチンへ行った。みんな黙り込んだ。トマトゼリーにはまだ誰も口をつけていない。

「サニーに本の話をしてあげてよ」と、エリザベスがチャールズをうながした。

「ダンテの世界観に関する本を書きあげたばかりなんです」と、チャールズがいった。

「すごいわ。おめでとうございます」

「ペンブローク・ユニバーシティー・プレスから出ることになってるんですが、かなりの反響を呼ぶと思います」

「でしょうね」

『神曲』にあらたな解釈を下したという批評家もいるんです。大宇宙と小宇宙の融合を再概念化したという批評家も」

「すごいわ」

母がグラスにお代わりを注いでキッチンから戻ってきた。

「せっかくつくったのに、どうして誰もトマトゼリーを食べないの？」

44

ボブ・ジョンソンの住んでいるコンドミニアムにある小さなカフェで、一緒に昼食を食べた。連続殺人犯かもしれない人物と一緒に食事をしたわけだが、幸いトマトゼリーは出てこなかった。

「川岸で殺された女性もやつのしわざなんだろ?」と、ジョンソンが探りを入れてきた。

「たぶん」と、答えた。

「捜査は進んでるのか?」

ジョンソンは、ライ麦パンにコンビーフとスイスチーズとサワークラウトをはさんだルーベン・サンドウィッチを食べていた。ジョンソンと食事をするときはあまり食欲がわかないので、わたしはサラダを注文した。

「それが、あまり」

そのカフェは半地下のパティオにあった。まだ八月の下旬だというのに、街には早くも秋の気配が漂っていた。

「警察がおれの知り合いにつぎからつぎへと話を聞きにいっているらしいんだ」と、ジョンソンがいった。

「ほんとうですか？」

「ああ。ひどいと思わないか？　おれの知り合いのリストを持ってるらしくて。まるで容疑者みたいじゃないか」

「犯人が捕まるまでは誰もが容疑者扱いされるんです」

「なるほどな。しかし、おれはかなり怪しいと思われてるようだ。でなきゃ、知り合いに片っ端から話を聞きにいったりしないだろ？」

「あなたは殺害現場に居合わせたわけですから」

「あのときはほかにも大勢いたじゃないか。やはり警察はおれを疑ってるんだよ」

「不愉快なんですか？」

「不愉快かだって？　いや、証拠はなにもないんだから。おおいに楽しんでるよ」

「楽しんでる？」

「ああ。泥棒ごっこをしてるみたいで、わくわくするんだ。それに、なにも恐れることはないし」

「あなたが犯人じゃないからですよね」

「もちろんだとも」

彼はわたしたちが身辺を洗っていることを喜んでいるのだ。もうひと押しする必要がありそうだと思ったものの、ヴィクトリア・ラソーの話をすると彼女の身に危険がおよぶのでは？　その恐れはなきにしもあらずだ。だから、あえて危険は冒さないことにした。

「お父さんの死について話してもらえませんか？」

ジョンソンにはすでに何度か会っていたが、愛想のいい仮面の下にかすかな翳《かげ》りが見えたのは、おそらくこのときがはじめてだった。

「その話はしたくないんだ」

わたしは、ものわかりよく頷いた。

「つらいんですね」

ジョンソンが頷いた。

「あらたに殺された三人は女性だろ？」

「ええ。あなたのお父さんはタフト大学の研究室で亡くなったんですよね」

「その話はしたくないといっただろ？」

わたしはまた頷いて、サラダをひと口食べた。ジョンソンに会うときはいつもそうだが、その日も服は念入りに選び、タイトだがあまりタイトすぎないデザイナー・ジーンズをはいて、白いTシャツの上に萌葱色《もえぎいろ》のレザージャケットを着ていた。彼が連続殺人犯でなければお洒落を楽しむこともできたはずだが、わたしは連続殺人犯と昼食をともにするためにデートのときより服装に気を使っていた。

「わかってます。あなたは、犯人が続けて女性を三人殺したことになにか意味があると思ってるんですか？」

「おそらく犯人は男性より女性に興味を持つようになったんだろうな」

「それはなぜですか？」

「そんなこと、おれにはわからないよ。初代の物乞いキラーもわからなかったんじゃないか？　考えていることが無意識のうちに行動に影響を与えてるんだ」

「犯人にはガールフレンドがいると思いますか？」と、思いきって訊いてみた。

ジョンソンは大きく肩をすぼめ、ルーベン・サンドウィッチの最後のひと口を食べ終えてナプキンでそっと口を拭いた。

「おれたちはどうなんだ？　そのうち本物のデートをする気はあるのか？」

「これは本物のデートじゃないんですか？」

「おれのいわんとしていることはわかるだろ？　夕食を食べて、ダンスをして、月明かりの下を歩いて、おやすみのキスをして、たぶん、それ以上のこともするのが本物のデートじゃないか」

「そんなに焦らないでほしいわ」

「誰かを猛烈に好きになったことはあるか？」

「ええ。あなたは？」

ジョンソンはまた肩をすぼめた。

「まあ、そういう気持ちも理解できるとだけいっておこう」

「恋はままならないものですから」

「たしかに」

わたしはジョンソンが先を続けるのを待ったが、それ以上はなにもいわなかった。そのまましばらく沈黙が続くと、彼は勘定書を持ってこさせて、現金で払った。

「いい天気だから、コモンウェルス街をぶらぶら歩かないか？」

「お父さんが自殺なさった可能性はないんですか？」

ジョンソンはいきなり立ち上がり、なにもいわずに店を出た。コモンウェルス街をぶらぶら歩きにいったわけではなさそうだった。

45

ウォルフォードの警察本部は裁判所と同じ建物のなかにあって、一階が警察本部で二階が裁判所になっている。わたしは父と一緒に一階にある署長室にいた。署長のウォレス・スピヴィーは背が高くて痩せていて、髪が白くて縁なしの眼鏡をかけているせいか、学者のように見えた。

「ウォリーとおれは一緒にパトカーに乗ってたんだ」と、父がいった。「ウォリーが事件の少ない郊外の署へ移るまでは」

スピヴィーがにっこり笑った。

「あんたの親父さんはいつも、自分が運転するといって聞かなくて」

「いまでもそうです」と、わたしがいった。

「電話をもらってから、タフト大学で死んだロバート・ジョンソンのことを調べたんだが、記録はなにも残ってなかったよ」と、スピヴィーがいった。

「右に同じだ」と、父がいった。「おれたちも調べたが、なにもわからなかった」

「キャンパス・ポリスのチーフをしているジェリー・フェイスンとは知り合いなんだ」と、

スピヴィーがいった。「それに、ロバート・ジョンソンが死んだときのチーフとも」

「その男はここの警官だったのか？」と、父が訊いた。

「ああ、おれとコンビを組んでたんだ」と、スピヴィーが答えた。「けど、タフト大が非常にいい条件で誘ってきて」

「キャンパス・ポリスは暇だしな」と、父がいった。

スピヴィーが頷いた。

「あんたは、おれも楽をしたくてここへ来たと思ってるんだろ？」

「ミスタ・フェイスンと話ができます？」と、わたしが訊いた。

「当たってみるのは自由だ」と、スピヴィーがいった。「おれが問い合わせたときは、調査報告書の内容に付け足すことはなにもないといったんだが」

「会って話をしているうちになにか思い出すかもしれん」と、父がいった。「できれば、ロバート・ジョンソンが運び込まれたときに大学の診療所にいたスタッフも探し出したいんだが」

「それも調べてほしいとフェイスンに頼んだんだ」と、スピヴィーがいった。「まだなにも連絡はないが」

わたしたちはスピヴィーの車に乗り込んで、フェイスンではなく、フェイスンの前任者に会いに行った。

「キャンパス・ポリスの前責任者はコーリー・ホールという男だ」スピヴィーは、緑色の雨戸がついた白いコロニアル風の家の前に車をとめてそういった。

「その人は、こっちが大学の診療所のスタッフからなにを聞き出したか知らないんですよね」と、わたしが訊いた。

「なにも聞き出してないんだから」と、スピヴィーがいった。

「ミスタ・ホールはそれを知らないんですよね」と、再度、確認した。

「ああ、たぶん知らないはずだ」と、スピヴィーが答えた。

コーリー・ホールとは、裏庭のポーチに座って、ホールの妻が出してくれたアイスティーを飲みながら話をした。ホールの髪は真っ白だが、父やスピヴィーより年下なのは明らかだった。がっしりとした体つきで、健康そうに陽に焼けている。裏庭の一角は家庭菜園になっていて、トウモロコシ、トマト、インゲン豆、それにペポカボチャらしきものが植わっていた。

「どうしていまごろになって問題になるのかわからないよ」と、ホールはいった。「通報を受けて駆けつけたときにはすでに意識がなかったんだ。学内の診療所へ連れていったが、手遅れで」

「心臓発作だと診断されたんだろ?」と、父が確かめた。

「ああ」

「死亡を確認した医者の名前は覚えてるか?」

「いいや。記録を調べればわかると思うが」

「調べてみる」と、スピヴィーがいった。

「診療所のスタッフは被害者が出血していたのを覚えてるんだが」と、父がかまをかけた。

「当時のスタッフはもう誰もいないはずだ」と、ホールが反論した。

「出血していたのはたしかなんだ」と、父が迫った。

ホールはかぶりを振った。

「おれはなにも知らない」

「心臓発作を起こしたのに、なぜ出血するんだ?」と、父がしつこく訊いた。

ホールは肩をすぼめた。

「おれは見てないんだが、もし出血してたのなら、倒れたときに頭でもぶつけたんだろう」

「それなら、外傷があったと死体検案書に書いてあるはずだ」と、父がいった。

「外傷はなかった」と、ホールが断言した。「出血もしていなかった。おれは仮の話をしただけだ。実際は出血なんかしてなかったんだから」

「それにしても、まだお若いのに早々と退職なさったんですね、ミスタ・ホール」と、わたしも話に加わった。

「もう若くはないさ」と、ホールはいった。「もっとも、タフト大学を早期退職したのは事実だ。子供たちはすでに独立してたし、女房とふたりだけならそれほど金がいらないからな。退職金もたんまりもらったし」

「タフト大学を辞めたのはジョンソン教授が亡くなったどのぐらいあとだったか、覚えてらっしゃいます？」と、訊いた。

「はっきりとは覚えてない」と、ホールがいった。「一年か、もう少しあとだったかも」

「ジョンソン教授が自殺をしたという可能性はないんでしょうか？」

「自殺？」

「ジョンソン教授は錠のかかった研究室で亡くなってたんですよね。武器は見つからなかったんですか？」

「武器があったのなら記録に残っているはずだ」

ホールはそういってスピヴィーを見た。

「いったいこれはなんだよ、ウォリー？　この女は警官か？」

「彼女は父親の手伝いをしてるんだ」と、スピヴィーが教えた。

「なら、ほかの仕事を探したほうがいい。おれをわずらわせるのはやめてくれ」と、ホールが抗議した。「あんたらも、彼女と一緒にとっとと帰ってくれ」

鼻が灰色の大きなスプリンガー・スパニエルがポーチに来て、用心深くわたしたち全員のにおいを嗅ぐと、ゆっくりとホールのそばへ行ってかたわらに寝そべった。父はアイスティーのグラスをそっとテーブルに戻して、椅子に座ったまま体をかがめ、太腿に腕をのせて手を叩いた。そしてホールを見た。

「おれは四十年以上警官をしてたんだよ、コーリー」と、父がいった。「おれは自分が警官だってことに誇りを持ってたし、仲間もみないいやつだった。ウォリー・スピヴィーは新米時代からの友人だ。あんたもウォリーの友人で、もとは警官だ。だから、もし助けが必要なら、どんなことでもするつもりだ。じつは、まだ確証はないんだが、もしかすると、ジョンソン教授の死はいまだに続いている連続殺人事件と関係があるかもしれないんだ。一刻も早く犯人を逮捕しないことには、まずいときにまずい場所にいたというだけで、また何人か殺されることになる」

「物乞いキラーの話をしてるのか？」と、ホールが訊いた。

「ああ」と、父が答えた。「あんたがジョンソン教授の死にまつわるなにかを隠そうとしても、真相は多くの人間が知っているはずだ。第一発見者の女性も、真っ先に現場に駆けつけた警官も、救急隊員も、大学の診療所のスタッフも、死亡を確認した医者も。二十年前の話だが、当時よほどの高齢だったのでないかぎり、その大半はまだ生きているだろう。時間はかかるかもしれないが、おれたちはかならず彼らを探し出してみせるとも。この事件の捜査には、ＦＢＩと州警察、ボストン市警、それに、州の約半数の警察署が関わってるんだから」

「おれのところもそのなかに含まれてるのか？」と、スピヴィーが確かめた。

「なにか隠そうとしても、関係者全員が口をつぐんでいると思うか？」と、父が問い詰めた。

ホールはかすれた声で訊き返した。

「どうしてそんな話をするんだ？」

「出血しているのを見たという人物がいるんだ」と、父がいった。「なのに、捜査記録にはそのことが書かれていない」

ホールはなにもいわない。

「フィルは信用できる男だ」と、スピヴィーがホールにいった。「話してくれるのなら守ってやる。あんたの名前はできるかぎりおもてに出ないようにする。だから、なにか知ってるのなら話してくれ。連続殺人犯に犯行を繰り返させるわけにはいかないんだ」

「なぜジョンソン教授の死が連続殺人事件と関係あるんだ？」と、ホールが訊いた。

「彼の息子が怪しいんだ」と、父が明かした。

夏の終わりの穏やかな午後だったが、ホールは裏庭のポーチで椅子に座ったまま、凍りついたように身じろぎひとつしなかった。彼の足元には犬が寝そべっている。手入れの行き届いた裏庭や、その片隅の家庭菜園を静かに眺めていたホールの目から涙があふれて、頬を流れ落ちた。

やがて、ホールはゆっくりと頷いた。みんな無言のままだった。

「あんたのことは全力で守る」と、父がいった。

ホールはふたたび頷いたが、なにもいいはしなかった。ちょうどそのとき、ホールの妻がポーチに出てきた。妻はどことなくホールに似ている。体つきががっしりしているのも、髪が白いのも、顔が若々しいのも。それに、彼女は身のこなしが軽やかで、声も溌剌としていた。

「どなたか、アイスティーのお代わりは？」

「いや、けっこうだ、ビア」と、スピヴィーがみんなを代表して返事をした。

ホールの妻は全員を見まわしたあとで、自分に背を向けて椅子に座って肩をこわばらせている夫をしばらく見つめていた。

「じゃあ、気が変わったら呼んでくださいね。キッチンにいますから」

「ありがとう、ビア」と、スピヴィーが声をかけた。

ホールの妻が家のなかに戻っても、しばらくはみな黙っていた。

ようやくスピヴィーが口を開いた。「で、どうなんだ、コーリー？」

ホールはおもむろに頷いた。

「ああ、あれは自殺だった」

46

「真相はこうだ」

ホールはそういうなり、立ち上がってポーチの端まで歩いていった。犬が頭をもたげてホールの姿を目で追ったが、出かけるわけではないとわかると、ふたたび頭を下げた。ホールは長いあいだ家庭菜園を眺めていたが、そのうちくるりとうしろを向いて戻ってきた。

「学部の秘書が通報してきたんだ」と、ホールが続けた。「それで、すぐに部下をひとり行かせた。大学では、事件なんてめったに起きないんだ。救急車も一分足らずで到着した。教授のかたわらには三八口径のリボルバーが落ちていて、弾がひとつなくなっていた。銃口を口に突っ込んで引き金を引いたらしい。あたりは目を覆いたくなるような惨状だった。救急隊員は教授を学内の診療所へ運んだが、そんなことをしても無駄だというのはみなわかっていた。床に倒れる前にすでに事切れてたはずだ」

「どうしておれを呼ばなかったんだ?」と、スピヴィーが訊いた。

「まずは学長に連絡したんだ」と、ホールがいった。「ラースンを覚えてるか?」

「ペリー・ラースンだろ?」と、スピヴィーが確認した。

「どんな男かは知ってるはずだ」

「たしか、教職員に〝恐怖の大王〟と呼ばれてたんだよな」

「ああ」と、ホールが相槌を打った。「おれが連絡を入れると、ラースンは即座に、〝心臓発作を起こしたことにしてくれ〟といったんだ。そうじゃないことはすでに大勢の人間が知っているとおれが反論すると、〝大勢とは何人だ？〟と訊くので、秘書と救急隊員と、診療所の医者と看護師が知ってるんで、かなりの人数になるといったんだが、彼は、〝それはこっちでなんとかする〟といって……」

ホールはしばらく黙り込み、手入れの行き届いた芝生の庭の隅で実をつけているトマトを眺めていた。

「で、学長は彼らをなんとかしたのか？」と、父が訊いた。

「ああ」と、ホールは答えた。「おれも含めて」

「たまげたな」と、父がつぶやいた。

「ラースンは非常にしたたかな男だったんだ」

「どうして隠蔽しようとしたんだ？」と、父が訊いた。

「大学の名に傷がつかないようにだ」と、ホールがいった。「ラースンはタフトをエリート校のひとつにしようとしてたんだ。ジョンソンはその年のベストティーチャーに選ばれたばかりだったし、著書もなにかの賞を受けていた。警察が捜査をすると具合の悪いことが出てくるのではないかと恐れたんだよ。もしかすると、ジョンソン教授には自殺の動機があったのかもしれない」

「学長は動機を知りたくなかったんだな」と、父が確認した。

ホールが頷いた。

「家族は？」と、わたしが訊いた。

「おれは話してない」と、ホールがいった。

「葬儀屋は？　遺体になんらかの処置をほどこしたはずですよね」

「そのへんはよく知らないんだ」と、ホールがいった。「おれは自分にできることだけをして、あとはラースンが対処することになったので」

「ここはいわゆる大学城下町だからな」と、スピヴィーがいった。

「ラースン学長はいまどこにいるんですか？」と、わたしが訊いた。

「死んだよ」と、ホールが教えてくれた。「五年ほど前に、心臓発作で」そういって、かすかな笑みを浮かべた。

「ほんとうですか？」と、わたしが確かめた。

「ああ」と、ホールが答えた。

「銃弾は頭を貫通してたのか？」と、父が訊いた。

「ああ。天井にめり込んでたのをおれが取り出した」

「銃弾は調べたのか？」

「いいや」

「その銃弾がいまどこにあるか、わかるのか?」と、ふたたび父が訊いた。

ホールが頷いた。

「おれが持ってる」

「銃は?」

「銃もおれが持ってる。処分するつもりだったんだが、おれも警官の端くれだから」

「二十年間持ちつづけてたのか?」と、スピヴィーが訊いた。

「捨てるわけにはいかなかったんだ」

「銃は調べたのか?」と、父が確認した。

「いいや」

「見せてくれ」と、父が頼んだ。

「じつは、ほかにも取っておいたものがあるんだ」と、ホールが打ち明けた。

「それはなんだ?」

「見ればわかる」

ホールは立ち上がって家のなかへ行った。犬はふたたびホールの姿を目で追ったが、動こうとはしなかった。ホールは、銃と銃弾の入ったビニール袋を持ってすぐに戻ってきた。袋のなかには封筒も一通入っていた。しまっておいた場所はきちんと覚えていたらしい。

「調べてくれるか?」と、ホールがいった。

父は銃と銃弾に目をやった。ジョンソン教授の頭を貫通した銃弾はわずかに変形していたが、鑑定が不可能なほどではなかった。もちろん、一致するかどうかは調べてみないとわからないのだが。

「おれにまかせてくれ」と、父がいった。「あんたの名前をおもてに出すつもりはない。どうしても出さなきゃいけなくなった場合は、積極的に捜査に協力してくれたということにする。しかし、あんたはスピヴィーの管轄下にある町で殺人事件の隠蔽工作をしたんだ。スピヴィーがそれをどう思うか、おれにはわからん」

「古い話だから」と、スピヴィーがいった。「ラースンは死んだんだし、真相を知っている者がいまどこにいるかもわからないんだろ？　再捜査をするつもりはないよ」

「誤解しないでもらいたいんだが」と、父がいった。「おれと娘は、あらたに起きた物乞い殺人事件を解決しようとしてるんだ。かばいきれるかどうか、保証はできない」

「だが、一応はかばってくれるんだろ？」と、ホールが訊いた。

「ああ、一応は」と、父が答えた。

「自分のしたことを思えば、それで充分だ」と、ホールがいった。

「子供はいるのか？」と、父が訊いた。

「四人いるが、みな独立してる」

「あんたの子供たちのためにできるだけのことはする」と、父が約束した。

ホールが頷いた。

「恩に着る」

父はビニール袋から封筒を取り出して開けた。

封筒のなかには、折りたたんだ白いタイプ用紙が入っていた。父は、長年のあいだに黄ばんだその紙を広げて読んで、わたしに見せた。

「ジョンソン教授のタイプライターにはさんだままになってたんだ」と、ホールがいった。

そこには、大文字で〝さらば、チコ・サリーラ《ADIOS CHICO ZARILLA》〟と書いてあった。

わたしは父を見た。

「この名前、覚えてる？」

「ああ」と、父はいった。

「ボブ・ジョンソンのアドレス帳の最後のページに書いてあったわね」

「ああ」

「誰か、この人物と話をしたの？」

「いや、まだだ」と、父がいった。「いつも留守なんだよ。留守番電話もセットしてないようで、手紙を出しても、ドアにメモをはさんでおいても、連絡してこないんだ」

「まだアドレス帳に書いてあった住所に住んでるのかしら？」

「そのようだが」

父がホールを見た。

「なにか知らないか？」

「いや」

「この男のことはなにも知らないのか?」

「ああ」

「あとはおれたちがなんとかするから心配するな」と、父がいった。「あんたはやるべきことをやったんだから」

「どうしてもやっておかなきゃいけないと思ったことだけは」

「それでいい」と、父はやさしい言葉をかけた。

47

「銃弾は、初代の物乞いキラーが最後の事件で使ったのと同じ銃のものだったんです」と、ドクター・シルヴァマンに話した。「その銃は、ジョンソン教授の遺体のそばで発見されています」

「あなたはジョンソン教授が初代の物乞いキラーだと思ってるの?」と、ドクター・シルヴァマンが訊いた。

「彼が死んでからは、物乞いキラーのしわざだと思われる事件が起きてませんから」

「で、教授の息子があとを継いだと考えてるわけ?」

「あらたな事件は、ボブ・ジョンソン・ジュニアが、死んだときの父親と同じ年齢に達してから起きてるんです」

ドクター・シルヴァマンが頷いた。

「あなたは彼と個人的に会ってるのよね」

「ええ」

「それは賢明なことなのかしら」

「わかりません。先生と彼の話をしたかったんですが」

「わたしは法精神科医じゃないから」

「ええ。でも、先生の考えを聞きたくて」

ドクター・シルヴァマンがまた頷いた。

「彼はとても慎重なんですが、わたしとの関係を深めたいと思っているのはたしかです。ただ、彼の唯一の武器は——それが適切な表現かどうかはべつにして——事件の話をしてわたしたちの疑惑を深めることなんです」

「もちろん、彼の作戦は正しいわ」と、ドクター・シルヴァマンがいった。「そうすれば、あなたの彼に対する注目度が増すわけだから」

「わたしが連続殺人犯とベッドをともにすると、本気で思ってるんでしょうか？」

「自分が父親と同じならベッドをともにしてくれると思ってるのかもしれないわ」

わたしは椅子の背にもたれかかった。

「彼は連続殺人事件を起こす直前に昔のガールフレンドと再会したのよね」と、ドクター・シルヴァマンが確認した。

「ヴィクトリアという名前の女性なんですが、そのことがいったいどのような影響を与えたんでしょうか」

「それはわからないわ」と、ドクター・シルヴァマンはいった。「同一犯のしわざだというのは間違いなくても、動機は不明でしょ。それに、彼にとって一連の事件が持つ意味は、あなたにとってのそれと違うはずだし」

「ええ、もちろん違うと思います」と、同意した。「おかしな話なんですが、このような事件が起きると、誰もが頭のおかしい人間のしわざだと決めつけて、犯人だって計画を立てて殺人を重ねて、事件に対してそれなりの思いを抱いているということは考えないんですよね。犯人も、〝おれは頭のおかしい殺人鬼だ〟と思っているわけじゃないはずなんですが」

「犯人がどう思っているのかはまだわからないわ」と、ドクター・シルヴァマンはいった。「でも、つぎからつぎへと人を殺すのにはなんらかの意味があるはずで、あなたは、それが彼を突き動かしていると思ってるのね」

「何度か会って、彼はすっかりその気になってるようなんですが、わたしとしても、この先どうすればいいのかわからなくて。どう思います?」

「彼と、父親や、そのヴィクトリアという名前の女性との関係をもう少し詳しく知りたいわ」と、ドクター・シルヴァマンがいった。

「たとえば、どんなことを?」

「彼女と別れたことと父親の死とのあいだになんらかの関連性が見いだせれば、ヒントになるような気がするんだけど」

「あるいは、彼女とのセックスがうまくいかなかったことも」

「なんの話?」

わたしはボブ・ジョンソンがすぐに果ててしまった話をした。

「挿入はしたのね」と、ドクター・シルヴァマンが訊いた。

「ええ。でも、すぐに射精したようです」

「だから、本人はうまくいかなかったと思ってるのかしら」

「ヴィクトリアはそういってました」

ドクター・シルヴァマンが頷いた。

「わたしが彼に会うのをやめたらどうなると思います？」と、訊いてみた。

「わからないわ」と、ドクター・シルヴァマンは答えた。「彼は非常に危険な爆発物のようなものだから、遠ざかるのが身のためだと思うけど」

「そういうわけにはいきません」

「わかってるわ」

「どうしても捕まえたいんです。捕まえなきゃいけないんです」

「それに、自分の気持ちをはぐらかすためにも彼が必要なんじゃない？」

「気持ちをはぐらかす？」

「彼の話をしていれば、ほんとうに話さなければいけない厄介な問題には向き合わずにすむわけでしょ。つまり、リッチーや家族との関係には」

「あるいは、なぜ誰とも一緒に暮らせないのかという問題にも」

「そうね」

「誰かと一緒に暮らすべきだとおっしゃるんですか？」

「いいえ」

「わたしは、もう結婚したくないと思ってるんです」

「わかってるわ」

「でも、結婚したほうがいいんでしょうか？」

「あなたにとって、もっともいいようにするべきだと思うけど」と、ドクター・シルヴァマンはいった。

「わたしはいまのままがいいんです」

「かもしれないわね」

「先生は、わたしが厄介な問題から目をそむけたくて捜査に打ち込んでると思ってらっしゃるんですか？」

「あなたは誠実な人だわ、サニー。それに、優秀な探偵で、優秀な探偵なら誰でも事件の解決を優先するはずよ。でも、物事にはいろんな側面があるから」

「探偵の仕事に熱中しているかぎり、先生にほかの話をしなくてすむんですよね」と、わたしはいった。「それに、考えなくてもすむんです」

ドクター・シルヴァマンが頷いた。

「リッチーや家族のことは」

「それに、あなた自身のことも」と、ドクター・シルヴァマンがいった。

「そういうことはいずれ話します。でも、まずは事件を解決したいんです」

「じゃあ、事件の話をしましょう。その前にひとつだけいっておくけど、くれぐれも気をつけてね。下手をすると犯人に殺されるかもしれないわよ」

わたしはドクター・シルヴァマンにほほ笑みかけた。

「それはわたしも困ります」

48

ジムジャムと名乗る人物のウェブサイトには、全裸でゆったりとソファにもたれかかるジュリーの写真が掲載されていた。それがジュリーのコンドミニアムで撮られた写真だというのは、ひと目でわかった。

「ひどいわ」と、わたしは思わずつぶやいた。

「ジョージの友人のジミーのしわざよ」と、ジュリーがいった。「間違いないわ」

「この写真はジミーが撮ったの？」と、確かめた。

「いいえ、写真を撮ったのはジョージよ。でも、ジョージがジミーに渡したんだわ」

「どうやって探せばインターネット上でこの写真が見られるの？」と、訊いた。

「〝わがカウンセラーのヌード〟というタイトルなの」

わたしはかぶりを振った。

「ヌードになったセラピストは、ラジオで人生相談をしているドクター・ローラとあなただけよね」

「あなたはヌード写真を撮ったことがないの？」

「ええ、ないわ」と、答えた。「でもまあ、ドクター・ローラの場合は若気の至りだと弁解することができるけど、あなたのは最近の写真でしょ」

「最近のかどうか、どうしてわかるの？」と、ジュリーが食ってかかってきた。「わたし、太って見える？」

「実物どおりよ」と、なぐさめた。

「お願い、やめさせて」と、ジュリーが泣きついた。

「写真はまだほかにもあるの？」

「ええ。何枚も撮ったから」ジュリーは窓の外の港に目をやった。「かなり生々しいのもあるの」

「詳しい説明は聞きたくないわ。見たくもないし」

ジュリーがわたしに視線を戻した。

「ミルウォーキーへ行ってくれない？」

「ミルウォーキーへ？」

「あなたが行くか、スパイクに頼むか、あるいはふたりで行くかしてほしいの。お金は払うわ。どうしてもやめさせないと……誰かに気づかれたら……もし、相手がクライアントの夫だと知れたら……資格を剝奪される恐れもあるし」

「もっと早い段階でなんとかしておくべきだったんじゃない？　たとえば、カメラの前でポーズを取っているときにでも」

「スパイクと一緒にジミーのところへ行って。ジョージには効果覿面《てきめん》だったから」

「あれは、ジョージがあなたに危害を加える恐れがあったからよ」

「あなたはその筋の人たちを知ってるし、リッチーも顔が広いでしょ。ジミーを殺したってかまわないわ」

「その写真、消してもいい？」

ジュリーが頷いたので、わたしは彼女のヌード写真を消してインターネットでジムジャムを検索した。

「二万四千件もヒットしたわ。どれが問題のサイトなの？」

「見ればわかるはずよ」

「わからないから訊いてるんじゃない。ねえ、あなたのためにわたしが誰かに殺人を依頼すると、本気で思ってるの？」

「だって、あなたはわたしの親友じゃないの、サニー」

「自分で播いた種でしょ」と、突っぱねた。「だったら、自分でなんとかしないと。専門家なら写真の出処を突き止めることができるはずだから、弁護士に頼んで、ウェブサイトに掲載するのをやめさせる裁判所命令を取ってもらえばいいわ。場合によってはだめかもしれないけど」

「あなたは助けてくれないのね」

「助けてるじゃない」と、いい返した。

「いいえ、ちっとも助けてくれてないわ。いっとくけど、ヌード写真を撮る女性は大勢いるのよ」

「でも、あなたには立場ってものがあるでしょ。あなたはセラピストで、クライアントの夫にヌード写真を撮らせたのよ」

「わかってるわよ。もちろん、それがいけないことだというのも」

「でも、撮らせたんでしょ？　まともなセラピストがそんなことをする？」

「わたしは精神科医じゃないけど、教育学の学位を持ってるし、カウンセリングやセラピーの講習も受けたわ」

「でも、その内容はまったく信用してないみたいね。しかも、あなたは悩みをかかえている人たちに自分が信じていない治療法にもとづいてセラピーをほどこしてるのよね」

「信じてるわよ」

「あなた自身はセラピーを受けたことがある？」と、訊いてみた。

「いいえ、ないわ」と、ジュリーは答えた。「だって……なんとなく抵抗があるんだもの」

わたしはかぶりを振った。

「人は信じていることにもとづいて行動するものよ。そうじゃない場合はまやかしなんじゃない？」

「でも、わたしは自分が間違ったことをしたと気づいたんだから。助けてくれたら……お願いだから、過ちを正すチャンスを与えて」

「マイクルや子供たちのもとを去ってから、あなたは堕落の一途をたどってるじゃないの。これ以上、堕ちる手助けをする気はないわ」

「助けてくれないの？」

「ええ」

「じゃあ、わたしはどうすればいいの？」

「弁護士に頼んで、写真をウェブサイトに載せた人物と交渉してもらえば？」

「直接、スパイクに頼むことだってできるんだから」

わたしは肩をすぼめた。

「ジュリー、いまのあなたは普通じゃないわ。精神科医に診てもらいなさい」

「大きなお世話よ」

「なんなら、紹介してあげるから」

「紹介してあげる？　あなたがわたしに？　あなたに紹介してもらわなきゃ精神科医に診てもらいに行くこともできないと思ってるの？」

「現に行ってないじゃないの」

ジュリーが喚いた。「つべこべいわずに助けてよ」

「それはできないわ」わたしはそういってジュリーのコンドミニアムをあとにした。わたしが外に出て玄関のドアを閉めても、ジュリーはまだ喚いていた。

自分のアパートに帰る車のなかでジュリーのことをあれこれ考えて、自分のしたことは間違っていなかったと結論を下した。ジュリーを元のジュリーに戻すためにわたしにできることはなにもない。わたしはうっすらと笑みを浮かべた。こんなことはいいたくないが、ヌード写真を見るかぎり、ジュリーの太腿には贅肉がついていた。

49

クワーク警部と父とわたしは、ボードン・スクエアにあるサフォーク郡の地方検事事務所で首席検事補のマージ・コリンズに会った。きれいなブロンドの髪をした五十代の魅力的な女性で、センスのいい上等なスーツを着ていた。彼女には、ロースクールを出たばかりで、まだ卒業証書からインクのにおいがぷんぷん漂っているような若い女性アシスタントがふたりついていた。

「捜索令状を出してもらえるだろうか？」と、父が訊いた。

「もちろん」と、マージが答えた。

「不法な手段で手に入れた情報によってその人物が怪しいと思いはじめたんですが、かまわないんですか？」と、わたしが訊いた。

「彼の住まいに忍び込んだことをいってるんでしょ？」と、マージが訊き返した。

「いわゆる毒樹の果実なわけですよね」と、わたしがいった。

「かまわないわ。いずれにせよ、不審な点があったのなら、警察も内偵捜査を進めて捜索令状が必要だという結論に達していたでしょうから」

「適法な捜査によっても得られたと考えられる場合は不法に収集された証拠でも排除されないという、不可避的発見の法理が適用されるはずだ」と、クワークが解説した。

「そのとおり」と、マージがいった。

「わたしはあなたが不法侵入をしたという話を聞いてないので、判事に報告しなければならない義務はないわ。起訴すれば、向こうも腕の立つ弁護士を雇うでしょうから、公判で問題になる可能性もあるけど、そのときは、クワーク警部がいうように不可避的発見の法理を主張すればいいのよ。きっと認められるわ」

アシスタントはふたりともせっせとメモを取っている。

「令状はいつ出る?」と、クワークが訊いた。

マージは腕時計を見た。三時三十分だ。

「重大事件で、世間の関心が高いし、プレッシャーもかかっているので、今日中にはなんとか」

「ああ、できるだけ早く」と、クワークが頼んだ。

マージがアシスタントを見た。

「ローレル、じゃあ、ケイトと一緒に書類をつくって、出来上がったら知らせて。好意的な判事を選んで電話をかけるから」

アシスタントがふたり、ノートを持って急いで部屋を出ていくと、マージがクワークに向き直った。

「あなたが彼が犯人だということを、あるいは、その可能性が高いことを示す証拠を提示してくれたから、ミズ・ランドルの家宅侵入には目をつぶって令状を取ることにしたんだけど、もし、すでに仮説を立てているのなら教えてもらえない？」

「それはフィルにまかせる」と、クワークがいった。「ここまでたどり着けたのは、フィルとサニーのおかげなんだ」

「初代の物乞いキラーはロバート・ジョンソン・シニアに間違いないと思うんだ」と、父がいった。「証拠はすべて彼を指し示している。銃も、銃弾も、彼の死と同時に犯行が中断したことも。それに、彼の死が自殺だったことも。おそらく、罪悪感に耐えきれなくなったのだろう」

「それで、息子のほうは？」と、マージが先をうながした。

「娘は何度も会って、彼が二代目の物乞いキラーに違いないと確信している」

「彼は事件の話しかしないんですから」と、わたしがいった。

「ふたりだけで会ってるの？」と、マージが訊いた。

「いつも人が大勢いるところで。じつは、金曜日も一緒に昼食を食べる約束をしてるんです」

マージは両方の眉を上げたが、感想は口にしなかった。

ただし、「彼女の勘は当たってるんですか？」と、父に訊いた。

「ああ」と、父は答えた。

「クワーク警部は？」と、マージが訊いた。

「ああ、おれも彼女の勘を信じてる」と、クワークが答えた。

「逮捕するだけの証拠はまだ揃ってないのよね」と、マージが確認した。「でも、なにか手は打ってあるわけ？」

「ああ。このあいだから監視を強化してるんだ。四人が、三交替で二十四時間見張っている」と、クワークがいった。

「当人は気づいてないの？」と、マージが訊いた。

「気づいてるとも。監視を始めてもうずいぶんたつが、やつは最初から気づいていて、ときどきまこうとするんだ。楽しんでいるらしい」

「監視を強化してから事件は起きてないの？」

「ああ」

「じゃあ、はやり彼かもしれないわね。決定的な証拠にはならないでしょうけど」

マージがわたしを見た。

「あなたはけっこうタフなのね」

「ええ、自分でもそう思います」と、答えた。

50

両親、エリザベス、それにチャールズとともに、ポストオフィス・スクエアにあるランガム・ホテルのダイニングルームで豪華な食事をした。母は、ウエイトレスが注文を取りにくるなりバーボンを注文した。

「お好みの銘柄はございますか？」と、ウエイトレスが訊いた。「ワイルドターキーかジャックダニエルか、メーカーズ・マークか……」

母は目に怯えの色を浮かべた。いつものことだ。引きつった笑みを浮かべてウエイトレスを見上げた母は、となりに座っている父に助けを求めた。

「メーカーズ・マークにしてくれ」と、父が代わりに答えた。「ロックで」

母の笑みが穏やかになり、目から怯えの色が消えた。続いてわたしたちも飲み物を注文すると、ウエイトレスがテーブルを離れた。

母は、自分がどの銘柄のバーボンが好きなのか知らないのだ。わたしもバーボンの銘柄を意識したことはないが、もしたずねられたら適当に答えるはずだ。母の場合は答えられない質問をされると怯えてしまい、怯えたときは決まって父に助けを求め、父もかならず母を助けていた。

注文した酒が来ると、チャールズがグラスを上げた。

「家族に」チャールズの乾杯の音頭に合わせて、みなグラスに口をつけた。

わたしはこのような場面をこれまで幾度となく目にしてきた。ネズミを見つけたり、湯が吹きこぼれたり、ストーブの火がつかなかったり、子供のころに姉やわたしが転んで膝をすりむいたり、トイレが詰まったり、誰かに答えられないような質問をされたり、逆に、なにかをたずねたときに理解できない答えが返ってきたりすると、母は、わたしが物心ついて以来しょっちゅう耳にしてきた引きつった声で〝フィル！〟と叫ぶのだ。ただし、叫ぶのは家にいるときだけで、外では今回のように父にこっそり目配せした。

父はにっこり笑ってふたたびグラスを上げた。

「もう一度、家族に乾杯しておくよ」

母は眉をひそめた。

「うちの家族はうまくいってるのよ、フィル。それはあなたもわかってるでしょ」

父が母にほほ笑みかけたのを合図に、わたしたちはまたグラスに口をつけた。

何度も見てきた光景なのに、なぜこんなに気になるのだろう？　理由はわかっていた。このあいだからドクター・シルヴァマンのところに週に二回通って、自分を見つめ直しているからだ。

ウエイターがメニューを持ってきて料理の説明を始めた。チャールズは苛々しているようだったが、母は熱心に聞いていた。

頼りないのは母の魅力のひとつなのかもしれない。母は自己中心的で、気まぐれで、人にあれこれ指図するのが好きなくせに父に頼りきっていて、父もそんな母を日常的に支えている。近ごろ酒の量が増えたせいで、母の依存度はますます高まった。

「ワインを一本注文しようと思うんですが、どんなワインがお好きですか？」と、チャールズが訊いた。

母はまたもや困ったような顔をして、恐怖のにじんだ笑みを浮かべながらちらっと父に目をやった。すると、父はまたもや救いの手を差し伸べた。長年、間近で見てきたにもかかわらず、わたしはいまだに父の気持ちが理解できずにいた。

「おれはオレゴン産のピノ・ノワールが好きなんだが、きみにまかせるよ、チャールズ」と、父はいった。

チャールズはいささか驚いているようだった。父には赤と白の違いしかわからないはずだと思っていたのだろう。さすが父さんだ。父はまさかと思うようなことでも知っている。マルコーニリグがヨットの三角帆装のひとつだということも知っていたし、ユードラ・ウエルティがどんな小説を書いているかも、戦前に技術と芸術の統合を目的としてドイツに創設された総合芸術学校《バウハウス》のことも知っていた。父がほんとうに物知りなのか、それともたまたま知っていただけなのかはわからないが、どんなことでも父はたいてい知っている。外見は、安っぽいナイトクラブの雇われ用心棒のようなのだが。

「今日はフランスのワインにしようと思ってたんですが」と、チャールズがいった。オレゴン産のピノ・ノワールのことはよく知らないのだろう。

「アメリカのワインはいつでも飲めるから」と、エリザベスがいった。「フランスのおいしいヴィンテージワインを選んで」

「今夜はヴィンテージワインにふさわしい夜だからな」と、チャールズが応じた。

母も愛想よく頷いた。

そして、「ほんとうにヴィンテージワインにふさわしい夜だわ」と、意味もよくわからないままいった。

「たしかに」と、父も相槌を打った。

エリザベスはチャールズの貧弱な肩に頭をもたせかけた。

わたしは吹き出しそうになった。〝見て、父さん。新しい恋人ができたのよ〟と、エリザベスは心のなかで叫んでいるのだ。エリザベスの心のなかは見えるのに、自分のこととなるとそうはいかない。明日、令状が出たらチコ・サリーラの部屋を捜索して、物乞いキラーの事件を首尾よく解決できたら、今後のことをあらためて考えるつもりでいた。エリザベスとチャールズの仲は少なくともあとひと月ぐらい持つだろう。そのあいだは、エリザベスも父の愛情をめぐってわたしと張り合うことはない。いずれ、チャールズには大学教授という肩書き以外なんの魅力もないと気づけば別れるだろうが、おそらく別の男を見つけてからだ。

ソムリエが来て、チャールズとフランス語で話をした。

チャールズは、これまで一度だってチャーリーとかチャックとかいう愛称で呼ばれたことがあるのだろうかと、マーティニをすすりながらわたしはふと考えた。父のことをフィルッと呼ぶ友人は何人もいるし、フィルツィーと呼ぶ友人もひとりいる。父とチャールズは住む世界が違うのだ。チャールズは、理論の構築を究極の目的とした人文科学の分野でさして重要とは思えない研究をしている。理論を実践に移そうなどという考えはたいてい蔑みを伴って却下され、従って、多くの場合、実現することはない。要するに、愛を交わすことより愛を感じることに重きをおく世界なのだ。一方、父は人と深く関わる——しばしば人の生き死にに関わる——仕事をしてきた。問われるのは行動力と決断力で、父は実際に多くの人を助けたが、うまくいかなかったときは人を危険にさらしもした。そのために自分の存在価値を自覚するようになったのだ。自分は世の中の役に立つ大事な人間だと思えるからこそ、父はわたしたちのことも——妻や娘のことも——大事にしている。わたしたちは彼の一部だからで、そう思うと愛おしさが増すのだろう。父がわたしたちを愛しているのも、わたしたちが彼の一部だからだ。だからこそ、わたしだけでなく、あの頼りない母や不愉快な姉を愛することができるのだ。わたしのほうが姉や母よりはるかに魅力的なはずなのに、わたしがどんなに魅力的でも、姉がどんなに不愉快でも、母がどんなに頼りなくても、そんなことは関係なく、父は自分自身を大事にしているがゆえに、家族であるわたしたちのことも大事に思っているのだ。

夜はゆっくりと更けていった。母は飽きもせずにくだらない話を続けている。母の声は酔うほどに大きくなった。チャールズは気に入られようとして母の機嫌を取り、母はチャールズを相手にはしゃいでいる。一方、姉とわたしは父の気を惹こうと競い合っている——姉は露骨に、わたしはさりげなく。父はおおいに楽しんでいるようだった。わたしたちと一緒だからだ。わたしたちがなにをしようと、どんな人間であろうと、関係ない。わたしたちは家族なのだから。父が属している世界でなによりも大事なのは家族だ。やはり、父とリッチーは思っていた以上に似ているのだ。

51

わたしたちは、レイバーデーの直前の水曜日の昼前にサウス・エンドにあるチコ・サリーラのコンドミニアムへ行った。メキシコ湾岸を襲ったハリケーンの影響で湿度が高く、空は雲に覆われて、風も強かった。おまけに雨も降っていた。わたしと父と、捜索令状を持ったベルソン部長刑事、リー・ファレルという名の刑事、トレントなんとかという名の黒人の刑事、それに制服警官八名で出向いた。制服警官はおもての通りに待機して、あとの者は令状を手に部屋に入った。チコ・サリーラのコンドミニアムは、赤煉瓦づくりの建物の一階にある。建物の平面図はすでに入手して、逃げるのであれば狭い裏庭を横切って路地へ出るしかないとわかっていたので、路地にも制服警官を四人立たせておいた。

ベルソンが部屋の呼び鈴を鳴らしたが、応答がないので、もう一度鳴らした。それでも誰も出てこないので、「ボストン市警だ」と、声を張り上げた。

依然として応答はない。ベルソンはくるりとうしろを向くと、建物の入口へ引き返しながら制服警官ふたりを手招きした。制服警官は棍棒を持っているので、ドアは棍棒で叩いて開けた。全員が銃を抜いて、すばやくドアの両脇に身を隠した。部屋のなかは暗い。ベルソンが頷いたのを合図に、ファレルとトレントが先になかに入った。ベルソンも、父とわたしもあとに続いた。制服警官は廊下を見張っていた。

誰かが、電気のスイッチを見つけてつけた。

「なんてことだ」と呻くベルソンの声が聞こえた。

なかは、壁も床も天井も真っ黒なペンキが塗ってあって、玄関の奥の壁には、男性と少年のほぼ等身大の白黒写真が掛かっていた。男性はボブ・ジョンソンにそっくりで、少年もどことなくボブ・ジョンソンに似ている。男性は三つボタンの黒っぽいスーツに身を包み、少年もお揃いのスーツを着ている。最近撮ったものでないのは明らかで、べつにどうということもないごく平凡な写真だが、写っている男性と少年が誰かわかったとたん、背筋に悪寒が走った。

「ボブ・ジョンソン・シニアとジュニアだわ」と、わたしがいった。

ベルソンは唸ったが、ほかのみんなはなにもいわなかった。

チコ・サリーラのコンドミニアムはワンルームで、さして広くなく、ベッドがひとつ置いてあって、バスルームと小さなキッチンがついているだけだった。ブラインドはすべて下ろしてある。部屋のなかは整然としていて、ベッドには白いシーツを敷いて格子柄の毛布が掛けてあった。ベッドの脇には背の低いタンスと机と、椅子が一脚置いてある。部屋に入るなり刑事のひとりがクローゼットの扉を開けて、閉めずにそのままにしておいたので、写真の男性が着ているのによく似たスーツが一着とシャツ一枚とネクタイが一本、クリーニング屋のビニールカバーに入ったまま吊るしてあるのが見えた。ほかにはなにも掛かっていない。

「バスルームになにかあったか？」と、ベルソンが訊いた。

「ハンドソープとタオルが一枚、それにトイレットペーパーのロールがふたつ」と、トレントがいった。

「それだけか？」

「それだけです」

「キャビネットは？」

「空っぽです」

ファレルがラテックスの手袋をはめてタンスの引き出しを開けた。

「たまげたな」

全員がタンスの引き出しをのぞき込んだ。がらんとした引き出しには、三八口径のスミス＆ウエッソンのリボルバーが三挺と三八口径弾が七箱入っていた。ベルソンは自分の銃をしまってラテックスの手袋をはめた。ほかの者もそれにならった。

「鑑識を呼べ」と、ベルソンが命令した。

トレントはすぐさま携帯電話を取り出してダイヤルした。ファレルはタンスのいちばん下の引き出しを開けた。

「スクラップブックが何冊もある」

「机の上にも一冊あるわ」と、わたしがいった。
ベルソンが机の前へ行った。
「小銭を入れた大きなガラス瓶もある」
全員がそのガラス瓶を見た。家宅捜索は不気味な様相を増した。ブラインドを下ろした
その部屋はきれいに片づいていて、まったく生活臭がしない。そして、瓜ふたつといって
もいいほどよく似た男性と少年の古い大きな写真が捜索の様子を見つめている。そこで見
つけたものがなにを意味するのか徐々にわかってきたわたしたちにとっては、ルーブルを
見学している観光客と同様に、目にするものすべてが驚きだった。
「鑑識と話がついたらクワーク警部を呼んでくれ」と、ベルソンがトレントに声をかけた。
トレントは、携帯電話を耳に当てたままベルソンを見て頷いた。ベルソンは机の上のス
クラップブックに目をやった。
「家宅捜索はいったん中止だ。このまま待とう。触らないほうがいい。クワーク警部と鑑
識が来るまでこのままにしておいたほうがいい」
「スクラップブックは見ておくべきなんじゃないですか？」と、わたしがいった。
誰もなにもいわない。トレントはその部屋に漂う異様な空気から逃れたかったのか、エ
チケットを守るようなふりをして携帯電話を手に廊下に出た。
ベルソンは、口をすぼめて深く息を吸い込んでからスクラップブックの表紙を開いた。
つぎの瞬間、父の呻き声が聞こえた。新聞からきれいに切り取って最初のページに貼って

あったのはバックベイ・フェンズの現場の写真で、そこにはわたしが写っていた。

52

クワークは本部に関係者を集めて、自分のオフィスのある階の広い角部屋で検討会を開いた。クワークのとなりにはベルソンが座ったが、ふたりのあいだの床の上には段ボール箱が置いてあった。あとの者は会議用の大きなテーブルに散らばって座った。FBIのエプスタインもふたたび顔を出し、ほかには、州警察のヒーリイ警部と首席検事補のマージ・コリンズ、それに父とわたしが出席した。

「公表したらマスコミが押し寄せて大騒ぎになるので、その前に徹底的に調べて真相を突き止めて、どこにも漏れないうちに片をつけたいんだ」と、クワークがいった。

全員が頷いた。

「鑑識が部屋と部屋にあったものをすべて調べた結果、以下のことがわかった」と、クワークが続けた。「まず、壁に掛かっていた大きな写真に写っていたのは、やはりロバート・ジョンソン・シニアとロバート・ジョンソン・ジュニアだった。撮影された時期も特定できるらしい。部屋のいたるところからロバート・ジョンソン・ジュニアの指紋が検出されたが、ほかの人物は出入りしていないようだ」

誰もなにもいわなかった。スクラップブックになにが貼ってあったのか、そしてチコ・サリーラというのは何者なのか、早く知りたかったが、みな辛抱強く待った。クワークが長々とまわりくどい話をすることはないとわかっていたからだ。

「照合不能だと思われる古い指紋は見つかったが、あの部屋で誰かが暮らしていた形跡はない。キッチンのガスコンロは使われていないし、排水管のトラップには水がたまったままになっていた」

わたしは父に目配せした。

「あとで」と、父が囁いた。

「クローゼットに吊るしてあった服は最近クリーニング屋から戻ってきたもので、定期的にクリーニングに出していたようだ」と、クワークがさらに続けた。「サウス・エンドにある持ち込み店で、シーツ類も出していたらしく、店の記録によると、最後に利用したのは十二日前だ。あらたに数点預けにきて、出来上がったのを持ち帰ったそうだ。持ち帰ったのは、クローゼットに吊るしてあったスーツとシャツと黒いニットタイで、預けにきたのも、まったく同じスーツとシャツと黒いニットタイらしい。写真に写っていたのと同じだ。サイズ42のレギュラーだが、ラベルはついてないので、いつどこで買ったものなのかはわからない。鑑識も、新品ではないということしかわからないといっている」

「二十年前のものだという可能性もあるわけか？」と、ヒーリイが訊いた。

ヒーリイはほっそりとした両手をじっとテーブルの上に置いている。手の甲にはしみができていた。

「ああ」と、クワークが答えた。

「瓶に入っていた小銭からはなにかわかったか？」と、ふたたびヒーリイが訊いた。

「いや、二十年前に流通していたものもあるし、そうでないものもある」

クワークがしばし間をおいた。ほかの者は静かに待った。

「つぎは銃だが」と、クワークがふたたび話しだした。「どれもスミス＆ウエッソンのリボルバーで、口径は三八、銃身は二インチだ。すべて一九七〇年代に製造されたものだが、発砲した形跡はない。七箱あった銃弾のうち、六箱は未使用のままだった。すべて、基底部の中央に雷管のある半被甲のレミントン・ホローポイントで、ひと箱だけ十五発減っていた」

「スミス＆ウエッソンの三八に装塡できるのは五発だ」と、エプスタインがいった。

「ああ」

「で、被害者は五人」

クワークが頷いた。

「パブリック・ガーデンでは五発見つかっている」と、エプスタインが続けた。「一発は被害者を撃つのに使って、残りの四発は花壇に捨ててあったリボルバーに入っていた」

「それではなんの説明にもならない」と、ヒーリイが指摘した。

「わかってる」と、エプスタインが認めた。「ただし、犯人がもう一挺銃を持っていて、銃弾とともにどこか別の場所に隠している可能性を示唆してはいる」

「ざっと調べただけですが、ジョンソンのもうひとつの住まいには銃も銃弾もありませんでした」と、わたしがいった。

ヒーリイがわたしを見てにやりとした。「おれはなにも知らない、例の釈明不能な家宅侵入を犯したときに調べたんだな」

「ええ」

「あらあら、みんなに知れちゃったわね」と、マージがいった。

わたしはうっすらと笑みを浮かべた。

「われわれが家宅捜索をした部屋はちょくちょく訪ねていたはずだ」と、クワークがいった。「何度も監視をまいてたので、そのうちの何度かはあそこへ行ったんだろう。郵便物もたまってなかったし、部屋もきれいだったし」

「誰も手紙を出さなかったのかもしれないわ」と、わたしがいった。

「それでも、電気代の請求書は届くはずだ」と、ベルソンが反論した。「それに、電話代や水道代や……」

「そうですね」

「クローゼットには掃除機もあったが、紙パックのなかを調べてもなんの手がかりも見つからなかった」と、クワークがいった。

「よっぽどきれい好きなんだな」と、父が茶化した。

「冷蔵庫のなかにはバドワイザーの大瓶が十二本入っていた」と、クワークが続けた。

「それだけで、ほかにはなにも」

「飲み助なんだ」と、エプスタインも冗談を口にした。

クワークはノートに視線を落とした。

「それから、問題のスクラップブックが五冊だ」

53

スクラップブックの表紙には黒のマジックインクで番号が書いてあった。一から五まで、ローマ数字で。表紙は薄いグレーで、スクラップブック自体は、どこにでも売っているものだった。わたしたちは一冊ずつ手に取ってじっくりとなかを見て、見終えたら別の一冊と交換した。ときおりコーヒーを注ぎに席を立つ者もいたが、みんな立ったままコーヒーを飲んだ。テーブルにカップを持ってくる者はいなかった。コーヒーをこぼして証拠品を台無しにしたくなかったからだ。誰もが、まるでそこに物乞いキラーがいるような思いにとらわれていた。二十年以上におよぶ捜査にようやく終止符が打たれようとしているのだ。しかも、わたしたちは勝利を収めた。そのことは、そこにいる全員にとって——とくに父にとっては——大きな意味を持つ。だから、なにひとつ見のがさないように細心の注意を払って、ゆっくりと慎重に見ていった。

スクラップブックに貼ってある切り抜きの内容はふたつに分類できた。ロバート・ジョンソン・シニアの生涯と物乞いキラーの犯跡に。しかし、その大部分は重なっている。ほとんどはボストンの地元紙の切り抜きだが、《ウォルフォード・ウイークリー》やタフト大学新聞の切り抜きもあった。

ロバート・ジョンソン氏、経営学部教授に就任……ジョンソン教授、当学創立以来最年少の正教授に……浮浪者の他殺死体発見、ロデリク・フェルナンデスと確認される……ジョンソン教授、ヘルマン賞受賞……今朝、若い女性の死体が発見される……ジョンソン教授、本年度のベストティーチャーに……物乞いキラー、ふたたびあらわる……ボストン市警のフィリップ・ランドル警部が本日付で合同捜査本部長に……ジョンソン教授、卒業式でスピーチを……物乞いキラー、犯行を重ねる……フィリップ・ランドル警部が定例記者会見で……ロバート・ジョンソン教授、差別防止委員会の委員長に……女性、殺害される……男性の他殺死体発見……女性の他殺死体発見……ロバート・ジョンソン教授、心臓発作で死亡……バックベイで若い黒人男性殺害される……フィリップ・ランドル警部（写真左）、娘のサニーと……

ロバート・ジョンソン・シニアの死亡を詳しく伝える記事もあった。クリスマスカードやバースデーカード、それに写真も何枚かあった。ジョンソン親子が釣りあげた魚を手にしている写真や、カヌーを漕いだり、キャッチボールをしたり、どこかのビーチで一緒に泳いでいる写真もあった。クリスマスカードやバースデーカードはジョンソン・シニアが息子に宛てたもので、〝……おまえほどすばらしい息子はいない……世界一の息子へ……〟と、愛情に満ちた言葉が綴られていた。

ロバート・シニアが、ハリウッド映画にしばしば登場するメキシコの盗賊に扮した六つ切りサイズのカラー写真だけを貼ったページもあった。なまずひげをつけてソンブレロをかぶり、弾薬ベルトを斜めに掛けて両手に拳銃を持って撮る、観光地の記念写真だ。

父を見ると、父が頷いた。

「これがチコ・サリーラなの？」

「おそらくな」と、父がいった。

新聞に載った被害者全員の写真もあった。初代の物乞いキラーの犠牲者の写真も、二代目の犠牲者の写真も。そして、わたしの写真も。父と一緒に写っているのに、父は切り取られている。わたしのその写真も、一ページにそれだけ貼ってあった。

54

五冊のスクラップブックに目を通し終えたのは夕方で、部屋は重苦しい雰囲気に包まれていた。みな経験豊富な強者ばかりなのに、このようなものはこれまで誰も目にしたことがなかったのだ。

「これだけあれば充分か？」と、クワークがマージに訊いた。

「ええ、もちろん」と、マージが答えた。「これだけ怪しかったら、間違いなく起訴できるわ」

「やつがいまどこにいるかわかってるのか、フランク？」と、クワークが訊いた。

「見失ったという報告は入ってない」

「確認しろ」

ベルソンはただちに部屋を出ていった。

「じつは、明日、一緒にお酒を飲むことになってるんです」と、わたしがいった。「夕方に、クインシー・マーケットの近くにある〈スパイクの店〉で」

「そこなら知っている」と、クワークがいった。「なにか考えがあるのか？」

「明日、そこへ来させて、わたしは隠しマイクをつけて彼に会って、わかっていることを話して反応を探るというのはどうでしょう？」

「どうしてそんなことをする必要があるんだ？」と、クワークが反対した。「いますぐ逮捕できるのに」

「わたしにならほんとうの理由を話すかもしれないからです。父親と息子がふたりとも連続殺人犯になって、それも、同時にではなく、息子が父親のあとを引き継いだ理由が」

「逮捕して訊けばいい」と、クワークがいい張った。

わたしはかぶりを振った。

「それじゃだめです。彼にとって、これはゲームなんですから。彼は注目されるのを楽しんでるんです。署に呼び出したときもそうだったじゃないですか。警部にはよくできた作り話しかしないでしょうし、警部も、彼が真実を話しているかどうかわからないはずです。一応、わたしとは特別な関係を築いていると思っているようなので、わたしがすべてを話せば、わたしもゲームに参加していて、その結果、自分が負けたと気づくでしょうから、おそらくほんとうのことを話すはずです。わたしはそれを聞きたいんです」

「なぜだ？」

「まだ誰も聞いてないからです。ぐずぐずしてると聞けなくなりますよ」

みんな押し黙っている。

「立場こそ違うものの、わたしたちはみな市民の安全を守ろうとしているわけでしょ。なのに物乞いキラーの被害者を守ることはできなかったわ。でも、彼のことを理解して、なにが犯行の引き金になっているのかわかれば、被害者がこれ以上増えるのを食い止めることができると思うんです」

「やつをもう一日泳がせて、酒を飲みながらあんたと話ができるようにさせてやれというのか？」と、クワークが詰め寄った。

「厳重な監視下に置けばいいじゃないですか。もし、いまはそれほど厳重でないのなら。きっと大喜びするはずだわ。彼はどこへも行かないはずです。わたしが彼と話をしているあいだ、〈スパイクの店〉を警官で埋めつくしておけばいいでしょ。このチャンスをのがしたら、彼は永遠に話しませんよ」

クワークが全員を見まわした。エプスタインはかぶりを振った。それに、マージもヒーリイも。クワークは父を見た。

「おれには判断が下せない」と、父はいった。「パスさせてくれ」

ベルソンが戻ってきた。

「ジョンソンはいま、〈ロックス〉でスーツを着た男ふたりと食事をしてる」

「サニーは、ジョンソンの逮捕を延期して、明日、隠しマイクをつけてやつと話をしに行くというんだ」と、クワークが説明した。

ベルソンはわたしを見てからクワークに視線を戻した。

「冗談じゃない」

クワークが頷いた。

「真相を知るにはそうするしかないんです」と、わたしが訴えた。

クワークはふたたび全員を見まわしてからしばらくわたしを見つめた。

「ここまで漕ぎつけられたのはあんたのおかげだ、サニー。あんたは早い段階からやつに目をつけて、おれたちに注意を向けさせた。おれたちは知らないことになってるものの、あんたはやつの部屋に忍び込みもした。タフト大学へ行って下調べをして、親父さんにも大学の関係者と話をさせた。あんたがいなければ、おれたちはいまここでこの証拠を目にすることもなかったはずだ」

わたしもほかのみんなも長いあいだ黙っていた。

最初に口を開いたのはマージだった。「彼女の提案を受け入れて、もしなにか想定外のことが起きたら、あなたが責任を問われるのよ、マーティン……馘《くび》になるのは間違いないわ！」

クワークは無言のままわたしを見つめつづけた。みんなは黙っている。やがて、クワークがおもむろに頷いた。

「いや、あんたのいうとおりだよ、サニー。真相を知るにはそうするしかない。隠しマイクをつけてやつに会ってくれ。〈スパイクの店〉で逮捕する」

55

ボブ・ジョンソンはべつにして、スパイクの店にいるのは、スパイク以外みな警官だった。ふたりいるウエイトレスも警官なら、となりのテーブルで飲んでいるビジネスマン風の男たちも警官だ。しかも、飲んでいるのは酒ではなく紅茶とジンジャーエールだった。入口のそばのテーブルでサンドウィッチを食べている幸せそうなカップルも警官だし、バーのカウンターでまがいもののビールを飲んでいる男たちも警官だ。スパイクはカウンターの奥に立ち、父とクワークとベルソンは調理場にいた。ほかに、店の前をぶらぶらと歩いている警官もいたし、通りにとめた車のなかにも裏の路地にも警官がいたが、全員、観光客や、なにか用があって田舎から出てきたおのぼりさんを装っていた。

わたしは、黒いTシャツの上にだぼっとしたベージュ色のジャケットをはおるという、洗練されたお洒落な格好で店のまんなかあたりに座っていた。いざというときは走れるように、靴は踵の低いソフトブーツにした。マイクはブラのなかに隠し、腰に送信機をつけ、拳銃は台尻を前に向けてホルスターで左の脇に吊るして、ジャケットで隠していた。大勢の警官に見守られているとわかっていてもなぜか不安でたまらず、少しでも不安がやわらげばと思って、銃をハンドバッグのなかに入れておくのではなく身につけていたのだ。目の前にはスコッチのオン・ザ・ロックが置いてある。酒は飲みたくなかったが、スコッチに見せかけた紅茶を飲んでいるのをジョンソンに気取られてはまずい。

ジョンソンはピンクのラコステのシャツの上にネイビーブルーのダブルのブレザーを着て、軽やかな足取りで店に入ってきた。肌は陽に焼けて、とても健康そうに見えた。

「会えて嬉しいよ、サニー」

ジョンソンはわたしの右側の椅子に座った。これまでと違う。これまでは向かい合って座っていたのに。

「混んでるな」

「ええ」

ウエイトレスに扮した女性警官が注文を取りに来ると、彼はタンカレーのソーダ割りを注文した。

「あとをつけられてるんだ」

「誰に?」

「警官にだよ。決まってるだろ? どこにでもついてくるんだ。もちろん、ここにもついてきた」

ジョンソンが店内を見まわした。

「外で待つつもりらしい。見破られないように警戒してるんだ」

ジョンソンが声を立てて笑っているあいだに飲み物が運ばれてきた。ジョンソンがグラスを上げたので、わたしも自分のグラスを上げて縁を触れ合わせた。ジョンソンは自信に満ちた笑みを満面に広げた。

「犯罪に乾杯」

ジョンソンはそういってごくりと飲んだ。わたしはほんの少しすすっただけだった。

「プレゼントを送ったんだ」と、ジョンソンがいった。

「ほんとうに？」

「ああ、郵便で」ジョンソンはまた笑った。「今週中に届くだろう」

「どんなプレゼントですか？」と、訊いた。

「それは開けてのお楽しみだ」

ジョンソンがわたしにほほ笑みかけた。

「非常にユニークなプレゼントだぞ」

「楽しみだわ」

「しばらく遠くへ行くんで、おれのことを忘れないようにと思って」

「警察は？　尾行されてるんでしょ？　遠くへ行くとわかったら、止めようとするんじゃないかしら」

ふたりとも、わたしは警察側の人間ではないという暗黙の同意のもとに話をしているような感じだった。

「その気になれば、簡単にまけるさ」

わたしは目を見開いた。

「どうやって？」

「いい場所を知ってるんだ」ジョンソンは、秘密の隠れ家をこっそり友だちに教える子供のような口調でいった。「となり合ったふたつのビルが地下のトンネルでつながってるんだよ。だから、片方のビルに入ってもう片方のビルの裏口から出れば、警察はまたもやおれを見失うはずだ」

「ワォ」わたしは目を見開いたまま感嘆の声をあげた。「そのビルはどこにあるんですか？」

ジョンソンはにやりと笑ってかぶりを振った。

「それは教えられない。秘密だ」

「どうなってるのか、見てみたいわ」

「いずれ連れてってやるよ」

わたしは嬉しそうに頷いた。

「で、どこへ行くんですか？」

「プレゼントが届いたらわかる」

グラスが空になったので、ジョンソンがグラスを指さすと、ウエイトレスがお代わりを持ってきた。ウエイトレスは白いシャツを着て黒いズボンをはいている。銃はアンクルホルスターに入れているのだろう。

「正直に話してほしいんですけど」と、水を向けた。

「あんたに嘘をついたことはないよ、サニー」

人に聞かれる心配をせずに心おきなく話ができるよう、わたしたちのとなりのテーブルは空けてあった。ウエイトレスも、呼ばないかぎり来ないことになっていた。

「チコ・サリーラのことを教えてください」

ジョンソンの表情は同じだったが、明らかになにかが変わった。まるで、心の扉を閉ざしてしまったようだった。

「チコ・サリーラか」と、ジョンソンはさらりとその名前を口にした。

「彼はサウス・エンドにコンドミニアムを持ってるんです」

「サウス・エンドに？」

「そこに、あなたのお父さんの写真が掛かってました」

バーのカウンターではスパイクがレモンとライムをスライスしていて、ウエイトレスは、テーブルをほぼ埋めつくした覆面警官にジンジャーエールとアイスティーの入ったグラスをせっせと運んでいる。父は調理場でわたしたちの話を聞いている。なのにとつぜんあたりが冷気に包まれて、わたしたちは現実から切り離された。わたしはみずからパンドラの箱を開けて、恐る恐るなかをのぞこうとしているのだ。

「あそこへ行ったんだな」と、ジョンソンがいった。

「ええ」

わたしを見つめるジョンソンの目にはいかなる表情も浮かんでいなかった。さながら凍結死体の目のようだった。

「警察の連中も一緒に？」

「わたしも警察の一員なんです」

わたしたちが座っているテーブルは深い静寂のなかに沈み込んだ。わたしとジョンソンはたがいに見つめ合った。長いあいだ、どちらも口を開かなかった。ジョンソンはゆっくりと店内を見まわした。

「話してください」と、ようやくわたしが沈黙を破った。「わたしになら話せるでしょ？」

ジョンソンはなおも部屋を見まわしている。

「お父さんのことを話してください。物乞いキラーのことを。そして、あなた自身のことも」

ジョンソンはまだ部屋を見まわしていたが、そのうち小さな声でハミングを始めた。なんの歌なのかはわからなかった。

「あなたの負けだわ」と、わたしはひとりでしゃべりつづけた。「あなたがやったってことは、もうわかってるんですから。でも、話をさせてほしいと頼み込んだんです。どうしてもあなたとふたりだけで話がしたいと。そのほうがあなたも話しやすいだろうと思って」

ジョンソンは店内を見まわすのをやめてわたしに視線を戻し、意味ありげに頷いた。彼の顔には優越感がみなぎり、おおいに楽しんでいるようにも見えた。依然として小さな声でハミングしながら、やがてブレザーのポケットに左手を突っ込んだ彼は、五セント硬貨を二枚と十セント硬貨を一枚取り出して、テーブルの上に置いた。

56

あたかも、その三枚の硬貨が店内を支配してしまったようだった。警官たちはみな、店員や客を装うのをやめてじっとこっちを見ている。それに気づいたジョンソンはしたり顔でジンをひと口飲むと、わたしにほほ笑みかけて左手をわたしの肩にのせ、軽く髪に触れた。

「サニー、サニー、サニー」

わたしはそっと囁いた。「話してください」

ジョンソンはわたしの髪をつかんで席を立ち、わたしを立ち上がらせてこめかみに銃口を押し当てた。

「彼女を殺すぞ。ひとりでも動いたら、彼女を殺す」

時の流れが淀むなか、ジョンソンとわたしはゆっくりとテーブルを離れて壁際へ行った。わたしたちの姿はバー・カウンターのうしろにある鏡に映っていた。

「フィル」と、ジョンソンが父に呼びかけた。「いるんだろ、フィル？」

警官は全員、拳銃を構えた。が、撃ちはしなかった。わたしたちに酒を運んできたウエイトレスを含む四人が入口をふさいだ。

「フィル」と、ジョンソンが叫んだ。「どこにいるのか知らないが、出てこい。さあ、早く」

父が調理場から姿をあらわし、店内を横切ってわたしたちの前へ来た。二二口径で銃身の長い、コルトのターゲットピストルを構えている。父は競技射撃をしているのだ。その銃には見覚えがあり、わたしはなぜかそのことにショックを受けた。父がそれを家から持ってきたことに違和感を覚えたのだ。父はなにもいわなかった。ジョンソンは、髪をつかんだままわたしの頭を自分のほうへ引き寄せた。右腕は喉元に巻きつけて、なおもこめかみに銃口を押し当てている。わたしは鏡を見ていたので、彼が父をにらみつけているのもわかった。

「どうするつもりだ、フィル?」と、ジョンソンが訊いた。「撃ちたくても撃てないはずだ。自分の娘を撃つことになるかもしれないからな」

無言でわたしたちの前に立っていた父が、ほんの少し右に動いた。ジョンソンもそれに合わせて移動した。父は横を向いて競技射撃の構えを取ると、腕を伸ばして狙いを定めた。ジョンソンはそれをじっと見つめていた。

「あんたは長年おれを捕まえることができずにいたんで、今回は罠にかけてでも捕まえようとしたんだな、フィル。気づいてないと思ってるのか? なにも知らずにのこのこと出かけてきたと思ってるのか?」

ジョンソンとわたしはじりじりと入口のほうへ移動した。父も一緒に動いた。カウンターの奥の鏡を見ていると、まるでスローダンスを踊っているようだった。

「おれはこれまでずっと、あんたと対決する日に備えてきたんだ」

ジョンソンが忍び笑いをもらした。

「あんたはつねに一歩遅れを取っていた」

ジョンソンは父から目をそらそうとはしなかった。銃口をわたしのこめかみに食い込ませて、体もぴたりと押しつけているのに、まるで念力で呪い殺そうとでもしているかのように、じっと父をにらみつけている。腕を喉元に巻きつけて体を密着させているのに、わたしなど存在していないも同然で、彼にとっては、自分の体を隠すために手にしたタオルとさして変わらないのかもしれない。とにかく、彼は父に全神経を集中している。これは、彼と父との一対一の対決なのだ。わたしは添え物にすぎない。

「連中を入口から離れさせるんだ、フィル」と、ジョンソンが命令した。

父はなにもいわない。

「そうするしかないだろ、フィル」

ジョンソンはわたしを盾にして、壁沿いに入口のほうへ移動した。わたしたちが動くたびに父も銃口の向きをずらして、わたしのうしろに隠れているジョンソンに狙いを定めた。

「ばかなことを考えるな、フィル。どんなに腕がよくても無理だ」

ジョンソンはまた忍び笑いをもらした。不気味な笑い声だった。

「それに、あんたはもう年じゃないか。ぜったいに無理だ」

わたしではなかったのだと気がついた。最初から、ほんとうの狙いはわたしではなかったのだ。父だったのだ。わたしとの逢瀬を楽しんでいたのは、わたしがフィル・ランドルの娘だからだ。ジョンソンは拳銃を握りしめた右腕をさらに強く喉元に巻きつけて、わたしの動きを封じた。彼がわたしの背中に下半身を強く押しつけているのもわかった。わたしたちが徐々に入口に近づいても、父は銃口をこちらに向けていた。

「おれたちは出ていくからな、フィル。追わないでくれ。あんたの娘は、安全が確保できたら解放する」

「だめだ」父は剃刀のように鋭い声でいった。「出ていかせはしない」

「おれが死ねば、あんたの娘も死ぬ。それに、ほかにも死人が出るはずだ。しかし、真っ先に死ぬのはあんたの娘だ」

わたしたちの動きに合わせて、父のターゲットピストルの銃口も磁石の針のように動いた。父の顔の皮膚は引きつって、口元には深い皺ができている。ジョンソンが父の動きを目で追っているのは、鏡を見ればわかった。ジョンソンは恍惚状態におちいっているように見えた。わたしの動きを封じてこめかみに銃口を押し当てながらも、彼の頭のなかにあるのは父のことだけだ。彼の荒い息遣いが聞こえるのは、わたしに体を密着させているからだが、彼の目に映っているのは父で、わたしにはなんの注意も払わず、わたしに体を密着させていることすら気づいていないようだ。わたしはただの道具なのだから。

しかし、彼は勃起していた。

なぜなら、わたしがフィル・ランドルの娘だからだ。

彼に髪をつかまれて以来、わたしは恐怖と戦っていた。騒がずに、落ち着いてなりゆきを見守り、込み上げてくる悲鳴は呑み込んだ。しかし、ついに吐き気が込み上げてきた。この凶悪な連続殺人犯は、わたしがどうなろうとおかまいなしに盾として利用しながら、勃起した下半身をこすりつけているのだ。まるでポルノ映画だ。わたしの人格など完全に無視している。

彼の真の目的は、わたしの自由を奪って、なおかつ勃起した下半身をこすりつけて楽しむことではない。彼の目当ては父で、わたしではない。彼が恐れているのも父で、わたしではない。彼は父と無言で戦っていて、性的な興奮をかき立てられている対象にはまったく関心を向けていないので、電話をかけても……あるいは銃を取り出しても、気づかないはずで……わたしはそっとジャケットの内側に手を入れた。鏡に目をやると、自分の姿が見えた。ジョンソンはひとりよがりな満足感にひたりながら父をにらみつけている。わたしは静かに拳銃を取り出した。もしジョンソンが鏡を見たら、わたしがなにをしているかわかるはずだ。わかれば、わたしを撃つだろう。それでもかまわない。こんな扱いを受けるのは、もうごめんだ。こんな男に利用されるぐらいなら、死んだほうがましだ。わたしは用心深く拳銃を持ち上げた。もちろん、父にはわたしがなにをしているか見えているはずだ。だが、父はそ知らぬふりをしている。父の表情はまったく変わらない。わたしは拳銃を胸に引き寄せると、喉元に腕を巻きつけてこめかみに銃口を押し当てているジョンソンの腕に狙いを定めた。ひどく不自然な構えだ。

「早くしろよ、フィル」と、ジョンソンが急きたてた。

ジョンソンの声は妙に湿り気を帯びていて、口のなかに唾液が充満しているような感じだった。

「おまえは今回も自分の負けだとわかっているはずだ」と、ジョンソンが続けた。「この際、潔く敗北を認めろ。さあ、連中を入口から離れさせるんだ。でなきゃ、おまえの目の前で娘を殺して、ほかのやつらも皆殺しにする」

わたしは、「行くわよ」と心のなかでつぶやきながらジョンソンの手首を撃った。ジョンソンが呻き声をあげてわずかによろめいたとたん、父が彼の右目を撃った。

ジョンソンがため息のような声をもらして手を離したので、わたしはテーブルのうしろへダイブした。つぎの瞬間、店にいた警官が全員引き金を引き、ジョンソンはおそらく二十発近い弾を浴びて床に倒れた。やがて店内は静寂に包まれたが、わたしの耳のなかでは、銃声が先ほどよりすさまじい音を立てていつまでも鳴り響いていた。強烈な火薬のにおいも鼻をついた。アディオス、チコ・サリーラ。

父はジョンソンをまたいで、テーブルのうしろで腹這いになっているわたしのそばへ来ると、拳銃を床に置き、しゃがみ込んで肩を撫でてくれた。父は苦しそうに喘いでいた。

「彼は勃起してたのよ、父さん。勃起した下半身をわたしに押しつけてたのよ」

父はわたしの肩を撫でつづけた。

しばらくたってから声をかけてくれたが、父の声はかすれていた。

「もう終わったよ」

57

いつのまにか午前三時近くになった。ほかの人たちはとうの昔に引きあげて、入口には錠がかけられ、外にとめた車のなかで、念のために警官がふたり見張っているだけだった。父とわたしはふたりきりでテーブルに座っていた。スパイクはカウンターの奥にいた。わたしはダブルサイズのグラスでマーティニのオン・ザ・ロックを、父はスコッチを飲んでいた。隠しマイクも送信機も、もうつけていなかった。テープはすでに鑑識がダビングしているはずだ。わたしはまだ悪寒に悩まされていた。

「どうしてターゲットピストルを持ってきたの？」と、父に訊いた。

「備えあれば憂いなしというからな」と、父は答えた。「おまえこそ、どうしてバッグのなかじゃなくてジャケットの下に拳銃を隠してたんだ？」

父の呼吸は元に戻っていたが、声はかすれたままだった。

「備えあれば憂いなしっていうからよ」と、切り返した。

わたしも父も酒を飲んだ。父の表情はまだこわばっていて、顔色も悪かった。

「ずいぶん大胆なことをしたもんだ」と、父はいった。「あんな場面で拳銃を取り出すとは」

「鏡に映ってたから」と、弁解した。「彼は父さんしか見てなかったでしょ」

父はおもむろに頷いて、またスコッチをすすった。父に対してもわたしに対しても、酒は薬と同じ効果をもたらした。一杯の酒が気持ちを引き立てて、おぞましい出来事から現実へと連れ戻してくれたのだ。人間性を取り戻させてくれたのだ。

「どうするつもりだったの？」と、父に訊いた。「もしわたしが拳銃を取り出さなかったら」

「もしやつに連れていかれてたら、おまえは死んでただろうな」と、父がいった。

「父さんはどうするつもりだったの？」

父はまたスコッチをすすった。顔色はいくぶんよくなってきた。

「なんとかやつを撃とうとしたはずだ」

わたしは頷いてマーティニを飲んだ。わたしの悪寒もいくぶんやわらいだ。

「思っていたようにはならなかったわ」

父が肩をすぼめた。

「やつを仕留めることはできたんだから」

スパイクがお代わりを持ってきて、テーブルの端に置くなりさっさと立ち去った。

「わたしはそれ以上のことを期待してたんだけど」

父は頷いて、目の前のグラスをテーブルの上でゆっくりとまわした。

「やつはおまえにプレゼントを送ったといってたじゃないか」

「事件に関係あるものかしら」

「なんだって関係あるはずだ」

「そうね。わたしはお別れのプレゼントだと思うんだけど。彼は逃げるつもりでいたのかもしれないわ」

「ああ。二十四時間体制の監視をつけた時点で、われわれが迫ってきていることに気づいたはずだ」

「だから、自分のことがいつまでも記憶に残るようなものを送ったんだと思うの」

「たぶんな」

父は一杯目を飲みほして二杯目を飲んだ。わたしもお代わりに口をつけた。

「別れの挨拶代わりに自分の力を見せつけようとしたのなら、それをどこまで信用できるか、疑問ね」

父は肩をすぼめてかぶりを振った。

「もしかすると動機はわからないかもしれん。もっとも恐ろしいのは、ああいった連中はたいてい、自分のしていることはなにもおかしくないと思っている点だ」

「彼は自分のことをどこまでわかってたのかしら」

「たぶん、あまりわかってなかったんだろうな」

「誰だってそうかもしれないわ」

父はグラスのなかのスコッチを見つめただけで、なにもいわなかった。

「彼があんなふうになったのは父親のせいよね」と、わたしがいった。

「父親がやつにどんな影響を与えたんだ?」

わたしはかぶりを振った。

「父さんはイヤホンをつけてたんでしょ? 調理場でわたしたちのやり取りを聞いてたんでしょ?」

「ああ」

「彼がハミングしてたのは聞こえた?」

父が頷いた。

「なんのメロディーだったかわかる?」

「愛の泉《スリー・コインズ・イン・ザ・ファウンテン》だ」と、父が教えてくれた。

「まさか」と、わたしは思わずつぶやいた。

スパイクがお代わりが必要かどうか見に来たが、わたしも父もまだ二杯目を飲みほしていなかった。

「かばってくれるよな」と、スパイクがいった。「閉店時間後に酒を出したら逮捕されるんだよ」

「それはおれがなんとかする」と、父が請け合った。

スパイクはしばらくわたしの肩をそっと揉んでいたが、ふたたびカウンターに戻った。

「大丈夫か?」と、父が気遣ってくれた。

「大丈夫よ」

「今夜は一緒にうちに帰るか? 自分の部屋で寝ればいい」

「でも、母さんに理由を説明しなきゃいけないでしょ?」

父が顔をしかめた。

「おれがおまえのところに泊まってもいい。ソファで寝るよ」

「ありがとう。でも、大丈夫」

「無理して強がる必要はない。おまえは怖い思いをしたんだから」

「父さんと一緒だったから乗り切れたのよ」

父が頷いた。

「父さんは頼りになるわ。父さんが一緒だったから、怖くても耐えることができたの」

父はふたたび頷いた。

「ほんとうにひとりで大丈夫か?」

「わたしはもうおとなよ、父さん。それに、強くならなきゃいけないの。そうでなきゃ……」

「そうでなきゃ、なんだ?」

「母さんみたいになっちゃうわ」言葉が勝手に口をついて出た。

父は急に黙り込んだ。

が、しばらくして、つぶやくようにいった。

「いや……そんなことはない」

58

翌朝は軽い二日酔いと喪失感に苛まれつつ目を覚ました。夏のあいだずっと父と一緒に物乞いキラーを追っていたのに、もうそれも終わった。ロージーに朝食を食べさせて、急いで散歩に連れていったものの、戻ってきたとたん、急ぐ必要などなかったことに気がついた。だから、ゆっくりシャワーを浴びて髪を洗い、着替えて朝食を食べた。コーヒーを飲みながら新聞を読んだが、早版なのでジョンソンの死を伝える記事は載っていなかった。普通なら、仕事に追われることなくのんびり過ごせる贅沢を満喫するところだが、そうはいかず、なんとなく手持ちぶさたで、時間がたつのをやけに遅く感じた。

郵便は昼過ぎにならないと配達されない。

とりあえず、銃の掃除をすることにした。ほんとうは昨夜のうちにやっておくべきだったのだが、ロージーに夜食を食べさせて散歩に連れていって、あとはベッドにもぐり込むのが精いっぱいだった。銃の掃除を終えて弾を装填すると、天窓からほどよい光が射し込むようになったので、絵を描くことにした。絵筆を持つと、いつもはなにもかも忘れるのに、少しも集中できなかった。

そのうち太陽が動いて光の具合が変わったので、絵筆を洗ってヘルスクラブへ行った。ウェイトもトレッドミルも、バイクもストレッチも、ひととおりすべてやった。〝馬は汗をかき、男は汗を流し、女は汗を光らせる〟と母がよくいっていたが、わたしは馬のように大量に汗をかいた。汗をかくと老廃物も一緒に体のなかから出ていくような感じがして、気持ちがよかった。

エクササイズを終えると、またシャワーを浴びて、また着替えた。

アパートに戻っても、郵便はまだ届いていなかった。

しかたなく洗濯をして、乾燥させて、乾燥機の熱でまだほんのりとあたたかい衣類をたたんで、しまった。そのあとで一階まで下りて郵便受けをチェックした。

まだ届いていなかった。

部屋に戻り、ロージーにリードをつけて、また散歩に連れていった。ショルダーバッグには拳銃を入れていた。銃を持ち歩かなければならない緊急の必要性はもうなくなったが、携帯許可証を持っているので、家に置いておく必要もない。ジョンソンと出会ったせいで、わたしは世の中が以前より危険な場所になったように感じていた。

フォート・ポイント水路を渡って、いまだに道路整備工事が続いているアトランティック街を歩いた。散歩をしているときのロージーはじつに愛らしい。ただし、遺伝的な異常なのか、彼女には、なにもないのにしょっちゅう立ち止まってじっと地面を見つめるというおかしな癖がある。ときには座り込むこともあって、昔からずっとそうなのだが、なぜそんなことをするのか、わたしにはいまだにわからない。リッチーとわたしは、それを〝脳痙攣〟と呼んでいた。さまざまな手を使ってなんとかやめさせようとしたものの、結局は、こっちも足を止めて彼女がふたたび歩きだすまでじっと待つしかないのだとわかった。そのせいでロージーの散歩は恐ろしく時間がかかるのだが、忍耐力を鍛える訓練にはなる。

ジョンソンのプレゼントにあまり期待してはいけないというのはわかっていた。たとえなにかを伝えるものであったとしても、ひとりよがりなメッセージである可能性が高い。ジョンソン自身は、自分の死後に届くことになるとは思っていなかったのだから。けっして、死に際の告白だと判断されるようなものではないはずだ。もちろん、送られてくるのはきれいな額に入った彼自身の写真かもしれないし、《ヴォーグ》の年間購読契約証かもしれない。それに、郵便で送ったのなら今日はまだ届かないかもしれない。ロージーがボストン・ハーバー・ホテルの前で立ち止まったので、わたしも足を止めた。

アパートへ戻る途中で雲が出てきて、雨が降りだした。アパートに戻ると、もう一度郵便受けをチェックした。ジョンソンからの分厚い封筒も届いていた。

59

なかに入っていたのはビデオテープだった。

どんな内容か見ようと思ってソファに座ると、ロージーもとなりに座った。まず映し出されたのは、がらんとした壁の前に置いてある誰も座っていない椅子だった。

「やあ、サニー」どこからかジョンソンの声が聞こえてきた。

やがて、白いシャツにダークブルーのスーツを着て水色のネクタイを締めたジョンソンがカメラの前に歩いてきた。手には螺旋綴じのノートを持っている。ジョンソンはいったん足を止めてカメラに向かってほほ笑んでから、椅子に座って脚を組んだ。そして、ノートをかかげて見せた。

「話したいことがいっぱいあるから、書いておいたんだ」そういいながら、ふたたび笑みを浮かべてノートを小さく振った。「いい忘れたらいけないからな」

となりに座っていたロージーがとつぜん立ち上がって二、三回くるくるとまわり、座り直してわたしの太腿に顔をのせた。立ち上がる前もそうしていたので、なぜ座り直したのかはわからなかった。

ジョンソンがノートを読みはじめた。

「あんたがこれを見ておれの話を聞くころには、おれはすでに街を出ているはずだ。探しても、おそらく見つからないだろう。このあいだからあんたの父親やほかの警官がおれにプレッシャーをかけるようになって、どこへでもついてくるんだ。その気になればまけるんだが、それも面倒だし、自由に動きまわるのもだんだんむずかしくなってきた」

ジョンソンは文章を読むのが下手で、いつもの気取りは影をひそめていた。まるで、どこかで朗読法を習ったかのようにときおり顔を上げてカメラを見つめるものの、文を三つ読んだら間をおいて、顔を上げてカメラにほほ笑みかけるといった具合で、ひどくぎこちない。

「だから、姿をくらますことにした。ただし、その前にあんたに話しておきたいことがあるんだ」

すでに午後もなかばを過ぎて、外は小雨が降っていた。外が薄暗いので、アパートのなかも暗く、電気をつけに行こうかと思ったものの、立ち上がるとうとうとしているロージーが目を覚ましてしまう。九月の初旬にしては気温も低かった。

「おれはひとりっ子だったが、母親はいささか精神的に不安定だったので、子育てはほとんど父親がしていた。そんなことができたのは、父親が大学の教授で、家にいることが多かったからだ。おれと父親は非常に仲がよく、母親はそれが気に入らなかった。いまにして思えば、母親は嫉妬していたのだろう。ただし、子供のころは、おれと父親が仲よくするのを母親が嫌っているということしかわからなかった」

　アパートのなかはとても静かだ。わたしには、すべてがひどく現実離れしているように思えてならなかった。前の晩にジョンソンが死ぬのをこの目で見たのに、ふたたびジョンソンの顔を見て彼の声を聞いているからだ。そのせいで、突如としてさまざまなことの区別がつかなくなってしまった。現実と幻想の区別も、生と死の区別も、自分と他人の区別も、急にあいまいになった。自分の息の音を聞きながら、めまいを覚えて思わずなにかをつかむかのようにロージーの背中に手をのせた。ロージーの小さな体はわたしに安心感を与えてくれた。ロージーは現実だ。

「おれが十七のときの話だが、たまたま母親が留守にしていたのでふらっと父親の書斎をのぞきに行くと、父親がメキシコの盗賊のような格好をしていた。つばの広いソンブレロをかぶり、弾薬ベルトを斜めに掛けて。なぜそんな格好をしているのかと、おれは父親に訊いた。父親は妙な目つきでおれを見ると、部屋のドアを閉めにいき、机の前に座って、秘密を守れるかとたずねた。もちろん守れる、とおれは答えた。すると父親は、これからする話は誰にもしゃべっちゃいけない、と念を押した。おまえには教えてやるが、母親にもしゃべっちゃいけない、これはふたりだけの秘密なんだと。もちろん誰にもしゃべらない、とおれは約束した。すると、父親は鍵束を取り出して机のいちばん下の引き出しを開け、スクラップブックを一冊取り出しておれに見せた。スクラップブックには物乞いキラーにまつわる記事が貼ってあった」

思春期のまっただなかにいる息子にそんなものを見せるとは、どうかしている。

「おれはスクラップブックを見た。父親は、スクラップブックに目を奪われているおれに、父さんはときどき別人になるのだといった。ほとんどの時間はいまの自分、つまりおまえの父親だが、ときどきチコ・サリーラという男になるのだと。そして、チコ・サリーラは物乞いキラーなのだと。物乞いキラーはなぜ現場に硬貨を残していくのかと、おれは父親に訊いた。あれはたんに自分の犯行だと世間に知らしめるためで、それ以上の意味はない、と父親はいった」

小さいながらもがっしりとしたロージーの体からぬくもりが伝わってきた。ロージーはかすかにいびきをかいている。わたしはロージーの背中にずっと手をのせていた。うしろにある窓に目をやると、まだ雨が降っているのが見えた。

「あんたは、おれがさぞかしショックを受けたはずだと思うだろう。しかし、そうではなく、おれはわくわくしていた。父親が有名人だとわかったからだ。有名で、その正体は謎に包まれていて、しかし実際は凶暴で、人を何人も殺しているのだと。だが、そのことはおれ以外に誰も知らない。なんといっていいのかわからなかったので、物乞いキラーになるときはチコの格好をするのかと父親に訊いた。父親は違うといった。物乞いキラーはチコで、自分ではなく、チコが物乞いキラーになるときは正体がばれないようにしているのだと。父親の話を聞いておれは興奮し、いろんなことをたずねたかったが、なにをどうたずねたらいいのかわからずに、〝人を殺すのは楽しいの？〟と父親に訊いた。すごい質問だと思わないか？」

ジョンソンは、〝そこでカメラを見る〟とノートに書いてあるかのように、わざとらしくカメラを見つめた。

「父親は、だからチコは人を殺すのだといった。楽しいから、チコは人を殺すのが好きなのだと。おれはそう理解した。おれには完璧に理解できたんだ。当然楽しいはずだと思った。それで、銃を見せてほしいと頼むと、チコはこの部屋のクローゼットに銃をしまっているのだと父親はいって、クローゼットの錠を開けた。クローゼットのなかには銃が五挺と大量の弾がしまってあった。銃には弾が入っているのかとたずねると、入っていないと父親はいった。撃ってみたいかと父親が訊くので、撃ってみたいと答えると、それなら撃ち方を教えてやる、と父親はいった」

リモコンを手に取って一時停止ボタンを押すと、画面にジョンソンの顔が貼りついたまま、声が途切れた。ロージーがアーモンド形の黒い目を開けてわたしを見たので、撫でてやった。ビデオを止めると、ジョンソンの声に変わって静かな雨の音が聞こえてきた。雨粒がイーゼルの上の大きな天窓をそっと叩いている音も聞こえる。頭のなかが満杯で、いまにも破裂しそうだった。わたしは、凶悪な殺人鬼が、同じく凶悪な殺人鬼だった父親のことを、まるで趣味の毛鉤釣りの話でもするような感じで語るのを、薄暗い部屋で小さな犬と一緒にソファに座って聞いていたのだが、わたしの分身は、そんなわたしを軽蔑するかのように遠くから冷めた目つきで眺めている。立ち上がると、ロージーが苛立たしげに見上げたが、気にせずにクローゼットの前へ行って、前にファスナーのついた薄緑色のスウェットシャツを出して着た。ロージーが尻尾を振ったのは、もしかするとビスケットをもらえるかもしれないと思ったからで、一枚差し出すと、ぱくりとくわえてむしゃむしゃと食べた。わたしはアパートのなかを行ったり来たりしてから小さな出窓の前へ行ってテーブルの脇に立ち、初秋の雨に濡れた周囲の赤煉瓦造りの建物を眺めた。しばらくして部屋に視線を戻すと、ロージーがソファに寝そべったまま頭を上げてわたしを見ていた。

「死んだのよ」と、ロージーに語りかけた。「ふたりとも。二度とあんなことはできないわ……もう死んだんだから」

ロージーは尻尾を振った。わたしはソファに戻り、彼女の横に座ってリモコンを手に取った。ロージーはまたわたしの太腿に顔をのせて目を閉じた。わたしはビデオテープの続きを見た。

「父親はおれに銃の撃ち方を教えてくれた。ウォルフォードの線路脇の森で。父親が、いや、チコ・サリーラが物乞いキラーに変身するときはおれを連れていってくれなかったが、毎回、あとで話を聞かせてくれた。父親の書斎で、ドアを閉めて、詳しい話を聞かせてくれたんだ。十八歳の誕生日には、チコ・サリーラに変身した写真をこっそりおれにくれて、以来、それはおれの宝物に……いや、おれたちふたりの宝物になった」

ジョンソンはいったん言葉を切って目を伏せた。おそらく、〝ここで間をおいて目を伏せる〟と、ノートに書いてあったのだろう。もしかすると、〝劇的な効果を狙って言葉を切る”と書いてあったのかもしれない。

ジョンソンはふたたび顔を上げてカメラを見つめた。「父親が死んだ年は最悪の一年だった。好きだった女をほかの男に盗られたんだから。おれは、一年に二度も大きな不幸に見舞われたわけだ。しかし……」そこで肩をすぼめた。「つらくても、耐えて生きていくしかないだろ？　だから、頑張って生きてきたが、去年、母親が病気で死ぬ直前に、父親はチコ・サリーラのことを妻である彼女に打ち明けてから大学に行ってみずから命を絶ったのだと教えてくれた。大学は真実を明らかにしなかったので、母親も沈黙を守った。母親は父親の正体が世間に知れるのを恐れてたんだ。母親は、おれが父親の邪悪な遺伝子を受け継いでいるのではないかと心配してもいた。母親は邪悪な遺伝子なるものが存在すると信じてたんだ」ジョンソンは声をあげて笑って、かぶりを振った。「母親の死後、おれは家中を隈なく調べたが、父親の書斎は昔のままだった。拳銃も弾薬も、クローゼットに鍵をかけてしまってあった。おれは、それをクローゼットから出して自分の手元に置いておくことにして……そうすることによって、父親を身近に感じることができたので……その後、おれを捨ててほかの男に乗り換えたヴィッキーとたまたま再会して……その夜、おれは激しい孤独感に苛まれながら家に帰った。父親も母親も死に、おれが愛したただひとりの女はほかの男と結婚し……」ジョンソンは椅子の背にもたれかかって天井を見上げた。が、すぐに視線を下げてまっすぐカメラを見つめた。「だが、おれにはチコ・サリーラがいた」ジョンソンは、つぎになにをいうべきか考えているかのように、じっと椅子に座ったまましばらく無言でカメラを見つめていた。だが、そのうち笑みを浮かべた。「あんたに会えなくなるのは残念だよ、サニー。じつに残念だ」

そういうなり、勢いよく立ち上がってカメラの前から姿を消した。カメラはしばらく誰も座っていない椅子を撮影していたが、やがて映像が消えた。

訳者あとがき

ローマの代表的な観光名所のひとつであるトレヴィの泉にうしろ向きにコインを投げると願いが叶うといわれているが、撃たれて地面に横たわる死体のそばにコインが三枚落ちていたら、それにはいったいどんな意味があるのだろう？

二十年前、ボストンで連続殺人事件が起きた。どの現場にも硬貨が三枚落ちていたことから、犯人は物乞いのふりをして被害者に近づいていったのだと――被害者は、小銭をめぐんでやろうとしたところを撃たれたのだと――誰もが思い、マスコミは犯人に〝物乞いキラー〟というあだ名をつけた。ボストン市警は州警察やＦＢＩとともに合同捜査本部を設置して捜査にあたるが、犯行は数年間続いたのちにぴたりとやんで、結局、犯人は捕まらなかった。ところが、今回、ふたたび似通った手口の事件が起きる。元警官とはいえ、現在は私立探偵をしているサニーがその捜査に関わることになったのは、二十年前の事件の捜査を指揮していた、同じく元警官の父親が市警から協力を求められて、サニーに「手伝ってほしい」と頼んだからだった。

二十年前には、サニーの父親のもとに〝物乞い〟と名乗る人物から挑発的な手紙が何通も届いた。そして、今回もまた同様の手紙が届く。二十年前の事件の犯人が犯行を再開したのか、それとも模倣犯なのか？　ＦＢＩのプロファイラーがわずかな手がかりをもとに犯人像を割り出すが、捜査にこれといった進展が見られないなか、またもやあらたな犠牲者が出た。警察は現場一帯を封鎖して付近にいた人物の身元を確認し、これまでの事件の発生時にアリバイが不確かな者を本部に呼んで取り調べる。その結果、ひとりの男が容疑者として浮上した。といっても、決め手となる証拠はなく、なんとなく怪しいという程度だったものの、サニーはその男が犯人に違いないと直感し、身の危険を顧みずにみずから囮となって自白を引き出そうとするのだが……。

前作の『虚栄』では、サニーがパラダイス署のジェッシイ・ストーン署長とともに女優の付き人が殺された事件を追うことになって、サニー・ランドル・シリーズとジェッシイ・ストーン・シリーズ双方の主役が夢の競演を果たした。おまけに、ふたりのあいだにロマンスが芽生えて、それがどう発展するのか、おおいに興味をそそられたが、サニーはジェッシイ・ストーン・シリーズの『秘められた貌』でみずから別れを切り出している。ジェッシイは元の妻に、サニーは元の夫にいまだに未練を残しているのが別れを決意した理由のようだが、「二度と会わないという意味ではない」そうなので、今後またふたりが顔を合わせる機会はあるかもしれない。本書では、ジェッシイに代わってサニーの父親のフィル・ランドルが準主役をつとめている。

サニーは子供のころから父親が大好きで、いまだに父親の愛情をめぐって姉や母と争っているとみずから語っているが、外見はともかく、フィルはたしかに懐の深い魅力的な人物だ。サニーにとってはヒーローに近い存在だともいえる。しかし、とかく娘と父親のあいだには微妙な距離感があるものだ。娘は父親を煙たがり、父親も照れがあるからか、娘のことを思いやりながらもうまく気持を伝えられずにいる場合が多い。サニーとフィルのように、たがいに相手を認め合って、仕事のうえで協力したり悩みを打ち明けたりできるというのはおそらく非常にまれで、羨ましいかぎりだ。

本書は探偵小説でありながら、サニーがボストン市警の捜査に加わることもあって警察小説に似た雰囲気をかもしているが、そこはかとない不気味さを漂わせつつ衝撃的な結末へ突き進む巧みなストーリー展開は、サイコスリラー並みの緊張感にあふれている。ただし、〝愛〟と〝家族〟という、本シリーズの根底に流れるテーマは健在だ。

今回も、すでに三十五作を数えるスペンサー・シリーズから、スペンサーの恋人で精神科医のスーザンやボストン市警殺人課課長のマーティン・クワーク警部など、数人がゲスト出演している。サニーはスーザンの助けを借りて自分を見つめ直す作業に取り組んでいる最中だが、スペンサー・シリーズとは違って、精神科医としてのスーザンの姿にお目にかかれるのも、パーカー・ファンにとっては魅力のひとつに違いない。「わたしは誰とも一緒に暮らせない」といいながらも別れた夫に対する未練をいまだに断ち切れずにいるサニーが自分の気持と折り合いをつけるのは、またもや次作に持ち越されることになったが、本書でサニーと父親フィル・ランドルとの〝合同捜査〟が見事に成功を収めたことから、フィルの準主役級での再登場を期待しつつ、次作の完成を待ちたい。

二〇〇八年三月

ロバート・B・パーカー　スペンサー・シリーズ

初秋
菊池　光訳

孤独な少年を自立させるためにスペンサーは立ち上がる。ミステリの枠を越えた感動作。

誘拐
菊池　光訳

家出した少年を捜索中、両親の元に身代金要求状が！　スペンサーの恋人スーザン初登場

残酷な土地
菊池　光訳

不正事件を追うテレビ局の女性記者。彼女の護衛を引き受けたスペンサーの捨て身の闘い

儀式
菊池　光訳

売春組織に関わっていた噂のあるエイプリルが失踪した。スペンサーは歓楽街に潜入する

拡がる環
菊池　光訳

妻の痴態を収録したビデオを送りつけられた議員。スペンサーが政界を覆う黒い霧に挑む

訳者略歴　青山学院大学文学部英米文学科卒，英米文学翻訳家　訳書『虚栄』パーカー，『凍てついた夜』ラ・プラント，『王宮劇場の惨劇』オブライアン（以上早川書房刊）他多数

HM=Hayakawa Mystery
SF=Science Fiction
JA=Japanese Author
NV=Novel
NF=Nonfiction
FT=Fantasy

殺意《さつい》のコイン

〈HM⑪-46〉

二〇〇八年四月十日　印刷
二〇〇八年四月十五日　発行

（定価はカバーに表示してあります）

著者　ロバート・B・パーカー
訳者　奥《おく》村《むら》章《あき》子《こ》
発行者　早川浩
発行所　株式会社 早川書房

郵便番号　一〇一 - 〇〇四六
東京都千代田区神田多町二ノ二
電話　〇三 - 三二五二 - 三一一一（大代表）
振替　〇〇一六〇 - 三 - 四七七九九
http://www.hayakawa-online.co.jp

印刷・株式会社精興社　製本・株式会社フォーネット社
Printed and bound in Japan
ISBN978-4-15-075696-3 C0197